S0-AVW-462

Théodore Monod

Le chercheur d'absolu

suivi de

Textes de combat

*Édition présentée
et préparée
par Martine Leca*

Préface d'Albert Jacquard

Gallimard

Théodore Monod, né en 1902, est chercheur pluridisciplinaire — biologie, géologie, botanique, zoologie, anthropologie, sociologie —, mais sa réflexion philosophique se nourrit aussi de ses séjours dans les déserts. Professeur honoraire du Muséum national d'histoire naturelle, il est membre de l'Académie des sciences, de l'Académie de marine, de l'Académie des sciences d'outre-mer et de diverses académies belge, portugaise, anglaise et américaine.

PRÉFACE

THÉODORE MONOD
OU LA LUCIDITÉ

Chaque jour nous entendons parler de l'« aube du troisième millénaire ». Théodore Monod nous montre combien cette description de notre temps est fallacieuse. L'ère chrétienne n'aura pas de troisième millénaire ; elle a pris fin le 6 août 1945. Depuis, l'humanité est entrée dans l'ère nucléaire ; nous ne sommes encore que dans la cinquantième année de cette ère où les conditions de la survie de notre espèce doivent être fondamentalement repensées.

Chaque jour nous entendons des appels à la croissance de la consommation, seule issue au problème du chômage. Théodore Monod nous montre que nos vrais besoins sont bien limités, que, dans le désert, la survie est assurée par une poignée de dattes, une gourde d'eau, que nous croulons sous l'accumulation de nos désirs artificiels trop vite satisfaits, et que la Terre ne peut indéfiniment supporter notre boulimie.

Chaque jour nous recevons la consigne d'être effi-caces, réalistes, compétitifs. Théodore Monod nous montre que cette course aveugle, éperdue, nous mène à l'abîme. Il préfère la lucidité de l'utopie qui nous fait

9

choisir une étoile lointaine, sans doute inaccessible, mais vers laquelle on se dirige et qui guide nos choix quotidiens.

En cette période où les repères semblent avoir disparu, il nous en propose qui peuvent nous faire bifurquer vers de nouveaux horizons. Il est urgent de l'écouter.

ALBERT JACQUARD

LE VIEIL HOMME
ET L'AVENIR

À quatre-vingt-quatorze ans, Théodore Monod porte toujours sa réflexion au loin. Il n'a pas attendu le nombre des années pour être animé d'une vie, bâtie sur l'essentiel et la profondeur, qu'il souhaite au « nouvel homme » à venir. Les médias ont braqué leurs projecteurs sur ce chercheur aux semelles de sable. Notre fin de siècle manque en effet de personnages authentiques.

Mort, désespoir, ennui, sont des mots inacceptables pour Théodore Monod. « Il faut croire quand même, espérer quand même, aimer quand même », telle est la phrase qu'il aime répéter. « Le Roi de la Création s'est accordé le droit d'user, d'abuser des autres êtres vivants », constate ce chercheur qui parcourt depuis soixante-dix ans le désert et y récolte faune, flore, pierres afin de retrouver l'histoire de la Terre et de l'homme.

En 1907, il a cinq ans, le futur naturaliste quitte Rouen. Les Monod constituent une lignée de pasteurs protestants et Wilfred Monod est appelé à l'Oratoire du Louvre. Désormais, installé à deux pas du Jardin des Plantes, Théodore accomplit avec sa mère sa promenade favorite qui déterminera sa carrière.

L'enfant Monod questionne. Ses interrogations sont du ressort philosophique, existentiel, religieux : ainsi la vue de la Croix lui arrache une exclamation, presque un rire, entre humour et colère : « Jésus n'est pas resté mort, il est redevenu vivant. C'était une farce ! » Et, concernant sa résurrection : « Mais c'est une légende ! Un conte de fées ! » Théodore écrit de la poésie, dessine, son humour apparaît déjà. L'enfant transforme bientôt les points d'interrogation en points d'exclamation, les dénoue. À l'instar de Christophe Colomb ou de Jules Verne, il veut découvrir des pays. À sept ans, il résume en quelques lignes sa destinée : « Que la foi soit mon toit. Que la bonté soit mon rez-de-chaussée. » Sa précocité est due à son éducation. Il dira et redira le privilège qu'il a eu d'être né de parents cultivés dont l'éducation a fortifié sa vocation.

Bien sûr, comme tous les enfants, il a joué aux billes, aux « calots », mais pas à la guerre d'autant que Mme Monod écrit L'Éducation pacifique. Théodore préfère les fleurs, les animaux, la religion qui nourrissent sa « curiosité maladive ». Il juge déjà sévèrement les farceurs qui, au zoo, s'amusent à leurrer les animaux en leur jetant un morceau de pain attaché à une ficelle. Et il rend leur liberté à une cinquantaine de grenouilles parquées dans un mauvais bassin. Théodore se divertit à écrire des réflexions, des lettres, dont une qu'il adresse au directeur du Muséum, le professeur Edmond Perrier, pour lui demander si l'apparition des insectes fréquentant les fleurs peut avoir coïncidé avec celle des végétaux supérieurs. Théodore, un Mozart de la science ?

Une question le tourmente : « Être pasteur ou naturaliste ? » Il ne faut que cinq années à l'adolescent pour trouver son essence. Il sera naturaliste mais la religion demeurera en lui puisqu'il nommera le désert « mon diocèse ».

En 1916, Théodore a quatorze ans. C'est l'année où meurt, assassiné à Tamanrasset, Charles Foucauld, explorateur et missionnaire. Le lien est virtuel entre le père Charles, qui songeait à acheter le Mont des Béatitudes, et celui qui fera de ses versets son Idéal. L'absolu n'est pas loin. D'ailleurs, en 1930, Monod avec sa robe peule, son grand burnous de laine blanche, ressemble au Frère Universel par cette vêture et son cheminement spirituel dans le désert. Au fil du temps, les points inscrits dans la constellation « monodienne » vont tous rejoindre les lignes de force du chercheur d'absolu.

Pour l'heure, après un voyage dans le Midi, Théodore, adolescent, écrit sous le pseudonyme de Paganel son premier compte rendu, une relation zoologique et botanique. L'année suivante, à quinze ans, il crée une société d'histoire naturelle, édite son premier journal de sciences où il ne manque pas d'épingler les dames qui aiment orner leur chapeau de « la blanche neige des Tropiques », l'aigrette arrachée au héron blanc. Théodore prend déjà position contre le sacrifice des oiseaux exotiques. Les animaux ne sont pas des machines — n'est-ce pas, Monsieur Descartes ? — ce sont « nos cousins, nos frères ». Théodore, imprégné d'essence théologique, pense au verset de l'Ecclésiaste : « Qui sait si le souffle des animaux monte en haut, et si le souffle des bêtes descend en bas. » Pour le futur chercheur, aucun doute, le souffle animal est ascensionnel.

À dix-huit ans, en 1920, le voici brillant étudiant en zoologie et en botanique, passionné par les crustacés et désigné officiellement comme naturaliste pour une croisière dans l'océan Atlantique. La soif de savoir, les interrogations intenses de l'enfance trouvent leur aboutissement. Hasard ou Providence ? À quatre-vingt-quatorze ans, il répond : « Je pense souvent que les grandes décisions d'une vie, nous les avons choisies ; mais lorsqu'elles sont accomplies, que nous sommes sur la route, et que nous nous retournons, alors nous apercevons à une certaine distance un point de bifurcation. Fallait-il le prendre ? Cette question nous stoppe un moment. Un moment seulement. Nous ne pouvons retourner en arrière, appelés que nous sommes par l'En Avant qui contient l'En Haut. »

La traversée au long cours du désert est commencée pour Théodore Monod. Une sorte de quête du Graal. Les missions vont se succéder. En 1922, Théodore navigue entre l'eau et le sable. Il étudie la faune marine et la pêche en Mauritanie, ce qui lui permettra de peaufiner ses recherches sur la morphologie et la systématique des poissons et des crustacés. Il effectue son service militaire comme méhariste dans le massif de l'Ahnet. En 1930, Théodore, « le hérisson saharien », épouse Olga, « son écureuil parisien ». Arrêt sur image, la mariée est en blanc, le marié en uniforme de méhariste rehaussé de deux burnous. Lesquels, selon son désir, l'habilleront pour « le dernier voyage ».

Le « Bédouin » reprend la route après un temps d'hésitation. Une autre question l'invite à méditer, doit-il aller vers l'océan salé ou l'océan « pétré » ? Il choisit ce dernier. Une aventure qui durera cinq ans pendant lesquels il découvrira le Sahara occidental, de Saint-Louis-du-Sénégal à la Mauritanie. Les moissons seront riches. De 1934 à 1938, Théodore rassemble des indices biologiques, géologiques, ethnologiques. Un corollaire de recherches avec pour objectif : trouver la météorite de Chinguetti. Cette quête, son Graal, occupera un demi-siècle de son existence.

En 1938, ce nomade, qui préfère le terrain à la science en éprouvette, jette l'ancre et prend la direction de l'I.F.A.N. (Institut français d'Afrique noire) auquel il donnera la colonne vertébrale d'une organisation scientifique. Accompagné de sa femme et de ses enfants, il quitte la France pour Dakar. Pendant la Seconde Guerre mondiale, il participe à la création des « Forces fraternitaires françaises » pour une « humanité enfin humanisée ». Le régime de Vichy ne manque pas de censurer son ouvrage *l'Hippopotame et le Philosophe*. C'est le temps des rapports, des études en laboratoire, du dédale administratif : ses contours, ses détours, ses petites cases, ses machinations. C'est pourquoi il aime tant cette maxime se gaussant de l'administration : « Un administrateur administre, trois administrateurs cherchent le meilleur moyen d'administrer, cinq administrateurs discutent sur des programmes opposés, sept administrateurs bavardent. »

C'est ensuite la période africaine de la « tribu Monod » et la guerre. En 1940, l'armée mobilise le chercheur au nord du Tchad sur la frontière libyenne. Pas de sang à l'horizon. Une vie à l'instar de celle du héros de Buzatti dans *Le Désert des Tartares*. Une

15

attente remplie de missions durant lesquelles Monod explore le Tibesti en uniforme de méhariste avec pour tous combats « quelques petites farces aux troupes ennemies ».

C'est aussi l'époque où le directeur de l'I.F.A.N. développe son « appétit de savoir » qui le rend omniprésent tant par la voix que par la plume, le dessin, les recherches. Une curiosité qui, en 1948, l'entraîne vers l'océan liquide. Crâne rasé, torse nu, corps d'ascète qui se suffit de riz et d'eau, Monod, en compagnie du professeur Piccard, pénètre dans un bathyscaphe. Une bulle d'acier où il se souvient que sable et mer ne firent qu'un, sans oublier le ciel. Voici l'ichtyologiste dans « la soupe primordiale ». Monod et Piccard sont des précurseurs de la future course aux abysses.

Mais l'océan « pétré » reprend Théodore lors des traversées au long cours, dont l'une l'emportera de décembre 1954 à janvier 1955. Il n'est que de regarder la carte des voyages de « l'arpenteur », du « possédé » (*El mehnoun*) ou du « fou du désert », comme les Bédouins le surnomment. C'est un chassé-croisé d'allées et venues où se relient les lignes de forces « monodiennes ». « Le désert est pur et propre », répète-t-il. C'est pourquoi il efface plus le sillage de l'homme que celui des gazelles, c'est pourquoi il faut y revenir, refaire cent fois les mêmes pas. Pour se connaître, pour trouver la réponse aux questions essentielles : Où ? Quand ? Comment ? Qui ? Pourquoi ? Et ceci par la zoologie, la botanique, la géologie, la géographie, l'ethnologie, l'archéologie, la religion, la philosophie. Une période condensée pour le chercheur. Elle s'étend de la guerre aux années 50 et les récoltes déferlent au

Muséum, ainsi que les articles et les rapports par milliers. Les médias sacrent Monod « Prince des Sables » et le comparent à « Lawrence d'Arabie ».

Pour sa plongée de baptême, le bathyscaphe descendra à moins 25 000. « En millimètres, cela fait quand même plus sérieux », déclare Monod à propos de ces recherches d'ailleurs risquées. L'incessante découverte du monde marin fait oublier au chercheur toute prudence. Lové dans son habitacle comme un bernard-l'ermite, Monod se fond dans le spectacle liquide grâce à un « regardoir-œillère ». Il découvre à quelque 150 mètres de la surface une belle leçon de ténèbres, « tant d'eau, tant de nuit et dans toutes les directions » mais celle-ci est « pailletée d'étincelles ». Après ces explorations de cinq heures à 1 400 mètres de la surface, il est heureux de toucher le sol, « la terre ferme » du plancher marin. D'autant que l'aquarium géant permettra à ces audacieux de dresser aussitôt l'état civil des poissons : des *Raja,* des *Centroscymnus*, des *Halosaurus*, des *Physiculus-Bromiculus*, des *Néobythites*, des *Stylophorus*. Et, suprême cadeau, Théodore revoit le crabe géant « aperçu par Houot et Willm au cours de leur plongée à 700 mètres au large de Dakar ». Retour à la surface, « la cure de benthophilie s'achève ». Où tout était « calme, silence et paix », dira Monod sans vouloir paraphraser Baudelaire.

Élu à l'Académie des sciences en 1963, il apportera sa sève, sa verve à des académiciens certes studieux mais plus sédentaires que lui. Ils seront tellement surpris par sa personnalité qu'ils le surnommeront « l'enfant terrible de l'Institut ». Une phrase de Monod est révéla-trice : « Nous ne sommes pas une moyenne mais une addition. Non point du gris mais du blanc et du noir juxtaposés, une mosaïque, une duplicité : "Deux hommes en moi", disait saint Paul. Qui n'en est pas là ? » Cet homme de rigueur et de détermination est habité par la mouvance, la variété et richesse du Tout dans son éternelle animation. Son âme n'est pas celle d'un chercheur réfugié dans la cohérence confortable de la science et de ses lois étayées par les méthodes expérimentales.

De retour dans la Cité, qui n'est pas Idéale, le professeur prépare « le nouvel homme » avec des verbes actifs : lutter, combattre, défiler, jeûner, parler, soutenir, écrire, répondre aux courriers, aux journalistes, aux étudiants, aux amis. Participer à des conférences, débats, colloques, congrès internationaux. Parler de la nature, de la préhistoire, du Sahara, de la guerre, des Touaregs. Rester un homme de terrain après les grandes traversées sahariennes, interpeller celui qui s'est sacré « Roi de la Création ». « Et pourquoi pas, plutôt, citoyen du monde ? » demande Monod.

Monod va du désert à la ville. Il ne rejette pas la colère. Il l'utilise comme une dynamique. Il démasque. Il veut bien être le serviteur de l'homme mais si celui-ci est nettoyé, poncé, démasqué. Au contact des peuples de tradition orale, il a appris un chant, celui du silence. À réaliser des actes et non à se perdre dans des bavardages, des « conversations » à la mode européenne : autrement dit des monologues parallèles, des affrontements qui ne mènent à rien. Or il faut défendre la cité afin qu'elle retrouve sa majuscule et ceci avec les armes de l'action évangélique. Monod demeure fidèle à Théodore qui voulait le Christ parmi les hommes et non définitivement accroché à l'arbre de mort, comme le voient trop souvent les fidèles du Dimanche. Pour agir dans la Cité avec les Hommes, Théodore Monod va officier tel un révélateur.

Il parcourt l'Hexagone, l'étranger. Pour défendre les tourterelles, les derniers ours des Pyrénées, la paix au Moyen-Orient, la Loire, les expulsés, les Algériens, les exclus. Il soutient des associations : le M.R.A.P. (mouvement contre le racisme et pour l'amitié entre les peuples), Greenpeace, le R.O.C. (Opposants à la chasse), la Ligue française des droits de l'animal, le D.A.L. Sans oublier d'intervenir dans les réunions de l'Académie des sciences, la Société de géographie, la Société d'histoire d'outre-mer, la Société de géologie. Mais la seule médaille qu'il porte volontiers est celle de « Commandeur du mérite saharien ».

Théodore Monod aime dire les vérités, sa Vérité, gratter le vernis humain, arracher les masques pour voir l'homme libre. Il subodore partout l'endoctrinement, l'esclavagisme et ceci toujours pour la même universelle « cause » : le Profit.

Professeur, protestant libéral, Monod a deux légendes : l'une hors du temps, d'essence très foucauldienne, recherche les traces de la Création pétrifiée, l'âge d'or de la préhominisation ; l'autre s'accorde à notre temps fracturé par l'entrée dans l'ère atomique. Théodore n'envisage qu'une sortie de secours, celle du sacré et nous interpelle : « Vous n'allez quand même pas rester des barbares badigeonnés de civilisation extérieure ! ». Car nous sommes bien les artisans de notre propre esclavage. Et si nous respections la vie ? « Voilà une formule qui doit devenir le fondement d'une morale nouvelle », s'exclame Monod en proposant de « revenir au centre. Du côté de la transcendance, d'une évolution en spirale, vers le haut, l'unité et la fusion retrouvées. » La pensée de l'ami Teilhard ne l'a jamais quitté, d'autant que leurs démarches se sont avérées siamoises.

La mer, le sable rappellent au naturaliste la beauté de l'homme virginal. Théodore Monod nous donne ses recettes de renaissance afin de nous apprendre à lutter contre « toutes formes de barbaries archaïques et de lobbies ».

« Voir loin et clair », tel est son credo. Il nous invite à la lecture de nos origines sur fond de simplification et de recueillement. À l'aube d'une fin de siècle chaotique et fulgurante, il nous met en garde contre la machine faustienne — « Nous sommes possédés par nos possessions » — et rapporte du désert, cet espace encore vierge, des leçons pour le nouvel homme, celui de la réconciliation avec le cosmos, les êtres et les bêtes.

Théodore Monod, né au début du siècle, synthétise un temps entre l'éternité et le quotidien. Médiatisé, bien malgré lui, il échappe à cette force centrifuge puisqu'il reste en marge, observant avec ironie et curiosité le spectacle du monde. Et rien de tel pour se retrancher des jeux du cirque que « l'humour et le sommeil ; avec ces deux ingrédients, l'être humain, ce primate, cette étincelle entre deux gouffres, conserve la santé mentale ».

Sans oublier le silence, les silences, comme dans une partition musicale.

Un silence présent au bureau du Muséum, « mon travailloir », dit-il, envahi de récoltes où le chiffre 20 000 a été dépassé. Que faire si près d'une fin de siècle sinon « admirer, s'étonner, rendre grâce, vivre », nous dit le dernier savant « à l'ancienne ».

MARTINE LECA

Le chercheur d'absolu

AVANT-PROPOS

Je me souviens de mes vingt ans et, lorsque j'ai retrouvé mon quartier, « le Jardin du Roy », j'avais reçu le baptême du désert et compris que nous ne sommes pas une moyenne mais une addition. J'étais tout ensemble et le plus nomade et le plus casanier. Je retournerai au cœur pétré d'un lointain Tibesti, caché lui-même au fin fond du Sahara oriental, mais par ailleurs, et non moins véhémentement, je refuse de quitter mon quartier.

Sortir du 5e arrondissement, c'est une entreprise, mais enfin, de loin en loin, il m'arrive de pousser jusqu'au Luxembourg. Voire jusqu'à Saint-Germain-des-Prés. Et même de passer la Seine.

J'ai entrevu une fois la place Clichy ; une autre, j'ai failli atteindre Saint-Honoré-d'Eylau. Les Touaregs parlent de « l'année du Rezzou des Oulad Djerir », ma chronologie à moi dit : « l'année du voyage à la place des Ternes ».

En revanche, chez moi, sur mon terrain de parcours habituel, je circule les yeux fermés. Et je connais ma « dition », comme disent les botanistes ; pas de secret pour moi entre la Sorbonne et le Muséum. Il est vrai que me voici campé depuis plus de trente ans sur la montagne Sainte-Geneviève, retranché sur cette butte paisible et silencieuse. Quartier charmant, provincial, assez loin des trépidations, des vacarmes, des bousculades d'un centre-ville trop enfiévré pour que la vie ait pu y conserver un parfum d'indépendance : peu d'affiches, et moins encore d'annonces lumineuses pour nous assaillir, ici où l'on peut demeurer soi-même, à l'abri de leurs indiscrètes brutalités.

Aussi quoi d'étonnant si la colline sacrée, où flottent tant de grands souvenirs, est demeurée comme un des hauts lieux de l'esprit ? Autant le boulevard Magenta ou le faubourg Poissonnière doivent être sinistrement monotones — d'après les récits que m'en ont faits de hardis voyageurs — autant mon quartier est varié, amusant, pittoresque, instructif : ces pieds-d'alouette sur un vieux mur, ce sol empourpré de la teinture des bruyères, ce couloir dallé de pierres tombales, ce ruisseau où pataugent, pour le polluer un peu plus, des tanneries aux fortes odeurs, cette chapelle maronite, ce trottoir localement et mystérieusement sonore, ces friteries grésillantes, ces escouades de séminaristes irlandais et rougeauds, cette herbe entre les pavés, ces jardins secrets fleuris de lilas, ces cornettes blanches des sœurs de Saint-Vincent-de-Paul disant dans le crépuscule d'été leur chapelet contre le pommier rose du pasteur, qu'il s'avance celui qui en pourra montrer autant !

Et quel souffle d'histoire on respire en ces quinze minutes qui vont, de chez moi, me conduire au Jardin des Plantes. Dans ma cour, je lève le nez : une tour...le collège Fortet... Le XVe siècle... La Réforme : Ignace de

26

Loyola et Jean Calvin côte à côte, l'Espagnol et le Picard : de quoi parlent-ils ? Place du Panthéon, que de courants d'air ! Heureusement qu'elle est pavée, sinon quels vents de sable ! C'est là, en été, que viendront s'asseoir, sur les degrés du temple pour y chercher la brise, les indigènes du village. Saint-Étienne-du-Mont : chapeau bas... Jean Racine et Blaise Pascal. Ah ! Comme on est en France ici, et loin des démesures et des cruautés orientales...

La tour Clovis, puis au bout du mur d'enceinte de Philippe Auguste, la maison où mourut Verlaine — paix à ses cendres — ; la place de la Contrescarpe avec ses ivrognes, ses pawlonias, son enseigne au « Nègre Joyeux » et son auberge de la Pomme de Pin, chère à Racine, à Boileau, à Chapelle, sans doute à La Fontaine. On rit autour d'un pot. Pas pour longtemps : deux cents mètres plus loin, voici l'emplacement de la demeure de M. Périer « sur les fossés de la porte Saint-Marcel, près les Frères de la Doctrine chrétienne ». C'est là que le 19 août 1662, à une heure du matin, Blaise Pascal, âgé de trente-neuf ans et deux mois, échappant enfin à un ici-bas où « les fleuves de Babylone tombent, et coulent, et entraînent », pénétrait, rassuré et vainqueur, « dans cette Sainte-Sion » qu'il avait tant désirée « où tout est stable et où rien ne tombe ».

Une rue à traverser et ce sont les arènes, un beau morceau du Paris des Romains, où les gradins de l'amphithéâtre, vides depuis près de 2 000 ans, ne se résignent pas à l'abandon et attendent toujours on ne sait quelle impossible foule... Un lieu émouvant et que je n'aimerais pas visiter de nuit, de peur de m'y découvrir entouré d'un étrange troupeau de fantômes... Deux pas encore :

la fontaine Cuvier avec son discutable crocodile et la grille du Jardin des Plantes. Évidemment, vous devez préférer le parc Monceau plus « comme il faut », ou les Tuileries plus spectaculaires. Et vous ne pourrez pas comprendre que ce qu'il y a derrière les grilles du vieux Jardin du Roy, c'est mon sanctuaire, ma ville sainte, mon Bénarès, ma Mecque, davantage : mon paradis.

Petit garçon, je connaissais déjà tous les recoins du vénérable jardin, et le cèdre de Jussieu, de 1734, bien entendu, mais aussi le Robinier de 1636 et le pin Laricio d'A.L. de Jussieu de 1774, et le hêtre pourpre, et l'arbre de Judée couvrant de larmes de corail rose son écorce noire et le catalpa aux gousses effilées, et le gingko du Japon semant à l'automne les pelouses de ses sequins d'or. Il faut le voir, le gingko. Il est devant l'hôtel de Magny, l'actuelle direction du Muséum. Dans ce temps-là, il y avait encore un balénoptère en carton contre les anciennes galeries d'anatomie comparée, devant le bassin des otaries et l'enclos des pélicans, là où l'été on accrochait les perchoirs des aras multicolores. Bien entendu, je savais par cœur la ménagerie, de la grue couronnée, celle d'Afrique, votre « oiseau-trompette », au lièvre de Patagonie, au vautour moine et à l'hémione.

Plus tard, j'ai exploré les musées : la zoologie, pleine de zèbres, d'éléphants, de morses, d'oiseaux rares ; la minéralogie où nous attiraient le tronc d'arbre silicifié, la polychromie des cristaux, les météorites ; la paléontologie avec son Diplodocus, sa mèche de poil de mammouth, tous ces animaux disparus, fantastiques : prodigieux coup de sonde dans l'histoire de la vie sur la Terre. Et puis, pour être entré un jour, garçonnet de cinq ans, dans ce monde enchanteur, je ne l'ai plus quitté.

Ensuite, ce n'était plus pour jouer aux billes dans les allées que je fréquentais quotidiennement le Muséum, mais j'ai toujours goûté le privilège de vivre au sein de cette oasis de calme, de silence, de travail studieux et paisible. C'est ma maison. Et qui le restera, l'Afrique ne m'en sépare que matériellement, donc en apparence. Et d'ailleurs, si on l'aime, saurait-on s'en éloigner avec pour autre ambition celle de lui créer, au mutuel bénéfice des deux parties, une manière de succursale ?

Mais le Jardin du Roy demeurera la « maison-mère ». Un cytise déverse chaque année une cascade de grappes d'or contre ma fenêtre. Dans une vigne vierge vient nicher un ramier et, de l'autre côté de la vitre, Paris s'étend, aussi, pourquoi irait-on essayer d'atteindre Notre-Dame-de-Lorette ou la Chaussée d'Antin ?

Toutefois ma vie ne s'est pas réduite à ce havre de paix. J'ai appris à résister, me soustraire et me relier en cherchant le libre royaume de la vie intérieure, la fascination de l'universel, la nostalgie de la totalité abandonnés aux poètes, aux artistes, aux mystiques. J'ai pour précepte une phrase de saint Matthieu : « Faites-vous des trésors dans le ciel, là où les mites et la rouille ne dévorent pas, où les voleurs ne percent pas les murs pour voler. » Car le jour viendra — à moins que l'homme ne se suicide — où une société nouvelle fera sa place au paysan, au travailleur, à l'artiste et au penseur.

SE RELIER

Lorsque j'arrive au Muséum d'histoire naturelle, j'ai l'impression d'entrer dans une forteresse hors du temps. « Mon travailloir » conserve mes récoltes animales, végétales, minérales engrangées depuis soixante-dix ans. Le désert a forgé son disciple. Sans lui, aurais-je eu le goût pour la transparence, la rigueur, l'émerveillement ? Cet espace élimine l'homme faustien. C'est une école qui nous oblige à jeter la quincaillerie des pensées, à nous fortifier.

Je médite sur notre civilisation. Il est évident que le mal fructifie plus facilement que le bien. La barbarie humaine anime encore l'homme si jeune. En effet, par rapport à l'âge du globe, nous sommes nés récemment. D'où l'espérance d'un futur meilleur, lorsque cet homme aura mûri. Comprendra-t-il alors que la guerre ne mène à rien et qu'il faut respecter la vie, s'hominiser, définir l'ascension humaine au lieu de se perdre dans l'anthropolâtrie et le mythe du Roi de la Création ? Cette manifestation d'orgueil découle des grands monothéismes empreints du mépris des autres êtres vivants. Diviniser l'homme, c'est mépriser l'animal. Or, l'*Homo sapiens* appartient à la famille animale. À mon avis, les maux les plus graves accompagnant le développement de l'homme sont relativement tardifs. À partir du débarquement de l'Arche de Noé, les hommes commencent à coloniser la Terre. Le racisme fait son apparition. L'arbre humain est « élagué » de nombreuses branches : jaune, noire et même la section foncée de la lignée médiane. Restent les Européoïdes, sélectionnés au moyen de la toise et du compas. Nous voici dans l'ère du type aryen. Pour souligner le tout intervient ce verset de la Genèse : « Soyez la terreur des êtres vivants. » Et c'est le commandement d'une divinité considérée comme bienveillante. Un dieu d'amour ! Le canevas des maux futurs était en place.

Je pense toujours que la Bible est une somme de richesses, une bibliothèque en soi, mais aussi un livre terrible où les intégristes et toutes les espèces d'illuminés peuvent trouver un miel qu'ils changent en fiel. Pour ma part, à vingt ans, elle m'a conduit vers le socialisme et l'acte révolutionnaire dans l'espoir de protéger les classes opprimées et de lutter contre toutes les exclusions. Je continue cette résistance. Je mets l'Évangile en actes, de l'infime geste au plus grand. Le gouvernement nous annonce que la morale s'arrête au seuil de la raison d'État. Cette formule a 4 000 ans ! La plupart des gens trouvent inutile de se battre contre les horreurs de notre monde, puisque Dieu en terminera quand il le voudra. Le fatalisme est pratique, il démobilise les énergies. Certes, ce ne sont pas quelques manifestations ou pétitions qui feront cesser l'esclavage, les ventes d'enfants, la faim, la grande misère, les diverses exclusions. Mais de telles perpétuelles tragédies ne peuvent qu'inciter à l'action pour exprimer notre désaccord et, ainsi, sauver l'honneur.

Quelques livres de la Bible ne m'intéressent pas, tel le Lévitique, manuel de boucherie rituelle avec des sacrifices d'animaux, des torrents de sang quotidiens. Au point que certains Juifs rêvent de reconstruire le temple et d'y égorger les animaux. Cela n'aura pas lieu, mais un tel souhait est déjà grave. Or, il faudrait songer à supprimer tout abattage rituel. Ces croyants sont prisonniers de leurs traditions, de ces 613 commandements que même un rabbin ne peut pratiquer, et qui dictent la pratique d'égorgements à vif qui me dégoûtent et me scandalisent. Même les Juifs libéraux mangent casher et obéissent à ces lois alimentaires, dont certaines sont drôles, d'ailleurs. Ainsi la liste des animaux purs et impurs... Les poissons avec écailles, ceux sans écailles, le lapin qui ne peut être mangé parce qu'il rumine... C'est la science de l'époque biblique. Or nous ne sommes pas en moins 2 000 mais à plus 2 000. Ces gens sont recroquevillés sur leurs paperasses, leur targum, leurs vieux textes. La Torah a été alourdie de « greffes ». Le Talmud est un océan de science, dont la pureté, la tradition orale est empesée par des « commentaires », lesquels sont eux-mêmes analysés, commentés. Dans certaines éditions, la Torah est cernée d'observations que les rabbins s'emploient à analyser, rejeter, contredire. Certes le savoir, la connaissance sont toujours respectables en soi, à condition qu'ils conduisent à une ouverture vers l'extérieur, la lumière. En revanche, la Kabbale, doctrine très complexe, belle et bonne, me semble être l'essence de la Révélation authentique et représenter la tradition ésotérique dans le judaïsme. Elle apprend à scruter et dévoiler la signification latente de toutes choses sans oublier la cosmogonie qui devrait rythmer la vie de l'homme. Nous sommes quand même le produit d'une nébuleuse primitive dont notre sang porte les éléments, un morceau de l'univers. Tout est d'un seul tenant.

Aujourd'hui encore, et j'aimerais bien ne pas écrire pour les temps à venir, le venin de l'antisémitisme se diffuse dans le texte des offices, notamment pour le Jeudi Saint. Heureusement, après le concile Vatican II, des phrases antisémites ont été supprimées concernant la malédiction contre les Juifs accusés d'avoir condamné Jésus-Christ ; un homme remarquable, dont je ne fais cependant pas une divinité, parce que je n'accepte pas le symbole de Nicée. Je m'arrête avant. Je me contente de l'Évangile. À partir de saint Paul, la nourriture spirituelle est déjà assez consistante. Je suis prénicéen. Avant lui se trouve l'Essentiel, l'Évangile ; le Concile de Nicée date de 325. Il établit la divinité du Christ, du Saint-Esprit et condamne l'arianisme. Quant au IIe Concile de Nicée, il affirme la licéité du culte des images contre les iconoclastes. Après le Concile de Nicée, la foi chrétienne s'est cristallisée en un certain nombre de propositions dogmatiques, philosophiques très subtiles, bâties sur des iotas conçus par des gens très intelligents. Ce Concile avait d'abord pour objectif de combattre une hérésie qui s'appelait l'arianisme. La doctrine d'Artus niait l'unité des trois personnes, de la Sainte-Trinité et par conséquent la divinité de Jésus-Christ. Cette hérésie enflait : l'Europe s'annonçait aryenne. La venue des Vandales, Goths, Visigoths, inquiétait les gens de Byzance et de Rome. C'était l'époque où l'Église, après avoir été persécutée, allait s'arroger le droit de persécuter. Quelle aubaine pour certains ! Le règne de l'empereur Constantin fut une période dramatique où l'Église devint officielle, l'État se mêla de tout : nomination des évêques, convocation des conciles, etc. L'Église était devenue un rouage de l'État. Depuis, malgré bien des évolutions historiques, des séquelles en sont restées.

La constitution de l'Église n'a pas changé, car enlever un boulon à une machine si savamment articulée ferait s'effondrer l'ensemble. Vatican II a dénoté un effort pathétique de modernisation, d'ouverture sur l'extérieur, grâce à un pape libéral décidé à changer la doctrine officielle. La pratique et les textes ont évolué. Plus de latin, de jubé, de tiare, de sedia. Mais ce ne sont que des friandises jetées aux croyants qui réclament une église christique plus près de l'homme.

La Bible continue de gouverner notre pensée. Mais elle ne condamne ni la guerre en tant qu'institution, ni l'esclavage, ni la torture, ni la cruauté envers les animaux. Si Jésus avait prêché contre ces maux, les hommes penseraient différemment aujourd'hui. Je me souviens d'une lettre de saint Paul à un propriétaire d'esclaves. Son esclave Onésime — ce prénom signifie « utile » — s'était échappé et saint Paul conseille au propriétaire : « Accueille-le avec gentillesse, il te sera encore plus utile » — jeu de mots sur le nom de l'esclave —, mais rien sur l'institution, l'esclavage, la torture. Il n'est pas question de prendre « Le Sermon sur la Montagne » comme règle de vie. Ce serait gênant, peu lucratif, une réforme spirituelle qui bouleverserait notre organisation actuelle. Enfin plus de casernes, d'armements, de soldats. Mais l'État veille à conserver ces structures. C'est pourquoi Maurras appelait l'Évangile « ces turbulentes écritures orientales ». Il voulait dire qu'il s'agissait d'un texte dangereux. Mieux valait, pour lui, s'appuyer sur la latinité régulière, dogmatique, solide, traditionnelle. Lâcher l'Évangile à travers le monde, quelle révolution ! Les églises sont là pour calmer le jeu.

Je n'ai jamais été endoctriné. C'est un grand privilège de rester libre sans l'entrave d'un homme ou d'un dogme, politique, philosophique, religieux. Certains de mes amis ont perdu une part de leur liberté de pensée en travaillant avec un gouvernement. À fréquenter un pouvoir, quel qu'il soit, il est difficile de rester soi-même et d'échapper à la manipulation. Le risque d'y perdre son âme est grand. Je me suis toujours exprimé sans retenue par le geste, la parole, les écrits, sans jamais être le polichinelle de quelqu'un, surtout pas des hommes politiques, comme beaucoup de personnes médiatisées le sont. Toutefois être un homme libre peut aussi causer quelques ennuis...

Ma liberté m'a permis d'exprimer des idées parfois virulentes enrobées d'ironie. L'humour, avec le sommeil, favorise le bien-être humain. L'humour, qui éveille l'homme du quotidien, parfois sommeillant, ou indifférent, j'en ai fait usage durant les cinquante-deux causeries où je présentais le monde politique, scientifique sur le ton du divertissement pour retenir l'attention du public. Il m'a permis d'énoncer beaucoup de

vérités acides, d'épingler l'administration, cette guigno-
lesque invention humaine. Dans « Messieurs les Mammifères, vos billets SVP », je racontais l'embarquement
de l'Arche de Noé retardé par les services du port et la
circulaire de Dieu n° 788 « Affaires Réservées ». Trop
de conviction et de vérité dérangent. Il m'a été demandé
de cesser mes causeries radiophoniques ou bien de les
nuancer. L'humour était accepté pour la vie des pierres,
des animaux et des plantes, mais non lorsqu'il touchait
les hommes politiques durant la Seconde Guerre mondiale. Bien sûr, je n'ai pas accepté de changer un iota à
mes convictions. Et l'émission fut supprimée.

L'éducation que j'ai reçue de ma famille pastorale fut
complétée par le baptême du désert, lequel devint mon
diocèse et m'aida à guérir d'un amour non partagé.
J'avais vingt ans, et la douleur persista dix ans. De ce
fait, ma découverte du Sahara se doubla d'une vie fortement monacale. Une phrase de Psichari m'aidait :
« Prends ton bâton et marche vers ta douleur, ô
voyageur. » Après ce temps de retraite, j'avais l'âme
d'un Bédouin. Mais le 24 mars 1930, j'ai repris, briève-
ment, une allure européenne, puisque j'ai épousé Olga,
originaire d'Europe centrale. J'ai alors inauguré dans
ma famille l'hétérogamie, Olga n'étant pas protestante.
Bien que citoyen du monde, homme d'ouverture, je
confirme que l'endogamie, c'est-à-dire le mariage avec
une personne de votre religion, est un acquis. Elle permet de commencer l'existence avec un capital commun.
Or le tracé d'une vie n'est pas inscrit dès le début de
celle-ci. Le jeu des hasards infléchit le cours de l'existence. Nous croyons décider, choisir. C'est faux. On a
choisi, décidé pour nous. Ce « On », je l'appellerai Pro-

vidence. Mais chacun, selon ses convictions, sa religion, lui donnera le nom qui lui convient. Comment oser parler de l'inconnaissable, de l'innommable ! Un prêtre symboliste, par refus de personnaliser Dieu, l'appelait le Divin. Et pourquoi Dieu serait-il un vieux monsieur barbu plutôt qu'une jeune femme ? Cet aspect patriarcal de notre vision de Dieu a développé les dévotions mariales. Les théologiens dissertent sur Dieu comme d'un familier, d'un incarné. Or c'est l'Inconnu. Il convient de bien user des Écritures et d'en garder le Joyau plutôt que l'Écrin. C'est-à-dire l'Essentiel et non l'Accessoire. Le Sermon sur la Montagne exprime ce qui paraît une tautologie dans notre monde dévoré de complexités : l'essentiel est essentiel, l'accessoire n'est pas indispensable. L'indispensable, c'est l'Évangile, le Message, et non la suite des manipulations opérées par les philosophes grecs. Prendre l'essence du message évangélique, son sel, et non la marinade intégrée par la logorrhée de penseurs plus philosophes que chrétiens. Car la tradition s'est rapidement intégrée aux textes ; puis ce Dogme trinitaire, point commun de toute l'église chrétienne. Refusant ce Dogme je crois à un Esprit, à une Transcendance. Mais sous quelle forme ? L'homme du futur devra être celui du Cosmos, d'une surhumanité spirituelle. Nous souffrons d'un dépérissement de l'intelligence et d'un manque de spiritualité. L'intelligence peut être poussée dans ses retranchements, ramifiée. Cent milliards de neurones, quel capital ! Beaucoup meurent au cours de l'existence, mais la plupart des gens n'en utilisent qu'une infime partie alors qu'il faut énergiquement développer les nervures de la pensée. La plupart de ses neurones ont servi à Einstein pour écrire

« E = mc^2 » à la fin d'un manuscrit, qui n'a pu récemment être vendu aux enchères, tant son prix était immoral. Cet acquis neurologique de l'homme reste souvent en sommeil. L'État sait anesthésier le peuple, le rendre plus malléable. Toutes sortes de drogues lui sont administrées : télévision, vidéothèque, informatique, sans oublier le tabac et l'alcool qui remplissent les caisses des gouvernements. Il est bien sûr indiqué sous le poison « dangereux pour la santé » et « à consommer avec modération ». Les gouvernements laissent croire qu'ils se préoccupent de la santé de leurs peuples. Ces intoxications mentales et physiologiques font oublier l'essentiel au citoyen, tel l'avenir de l'homme.

J'en conviens, il faut être très fort, un résistant, pour rester debout dans un tel monde et aller toujours de l'avant. Il est de notre devoir, dès la naissance, de constituer un maillon de la chaîne. Mais le citadin, souvent usé par l'ennui, doit lutter contre l'égoïsme et trouver, tout de même, une exaltation, une transcendance. Je n'aime pas l'élitisme, mais j'aime encore moins la soupe quotidienne servie au peuple. Et je repense toujours à mon immense privilège : faire un métier qui me plaît quand tant d'êtres, par nécessité, exercent une profession qui les ennuie et, par conséquent, les use.

Pourtant, il faudra bien que lève cette pâte magnifique, « supramentale », disait Teilhard de Chardin, un ami auquel je pense souvent tant nos chemins convergeaient. La route du nouvel homme reste à faire. La fameuse Montagne des Béatitudes ne demande qu'à surgir, à condition que naisse, au sens mental, l'*Homo erectus*.

Nos désirs artificiels ne nous mèneront pas loin. Je ne conçois qu'une société nouvelle sans guerriers, composée de paysans, d'artistes, de penseurs. Il faudrait commencer par transformer la Fête nationale, grand-messe des militaires. La Nation comprend des bûcherons, des instituteurs, des artistes, des intellectuels, etc. Pas exclusivement des soldats.

Je rêve d'un jour où les temps messianiques viendront, où la prophétie d'Isaïe se réalisera, quand surgira « la Montagne où ne se fera ni torts ni dommages ; lorsque les armes seront transformées en instruments oratoires ; où le lion habitera avec le chevreau ». Quelle perspective ! Quelle Espérance ! Avec le soleil de l'Esprit au-dessus. L'Esprit des Hommes, l'Esprit de la Terre. L'Esprit des Animaux ! Ce temps n'arrive pas assez vite. Les chrétiens croient aussi à la Parousie, au retour du Christ, mais c'est théorique. D'ailleurs si le Christ revenait dans le métro, il aurait maille à partir avec les policiers étant donné son faciès de Bédouin.

Je n'ai jamais séparé ma vie quotidienne du sentiment de l'Infini, de l'Espace, que ce soit au désert ou dans la Cité. Le temps pour un chercheur n'appartient pas aux horloges, aux sabliers. Le naturaliste Lamarck déclarait : « Avec le temps tout est possible, même l'invraisemblable ; et de temps, la nature n'en manque pas. » Sans humains, la nature poursuivra son évolution biologique, pouvoir dont est privé l'homme. Alors est-ce le résultat d'une revanche inconsciente s'il perfectionne les objets de Destruction, du Chaos final, peaufine le point zéro où lui même s'éteindra ?

La nature à laquelle je me réfère n'est cependant pas idyllique mais le terrain de luttes atroces. Mon père se demandait si le Dieu de l'Évangile était le même que celui des étoiles ou des fourmis. Le flot d'injustices m'incite à me questionner. Pourquoi le Créateur, être miséricordieux, pétri d'amour et de pitié pour ses créatures, a-t-il conçu un système étayé sur la douleur ? l'Alpha et l'Oméga sont des mystères qui nourriront indéfiniment le travail des chercheurs, des penseurs. Et parmi mes interrogations, mes réflexions fondamentales, je reviens sur ce passé où un événement considérable a coupé l'histoire humaine en deux. Un moment logé avant « l'homme qui venait de Nazareth » et après sa venue.

Adolescent, j'ai beaucoup écarté Dieu pour ne conserver que le Christ. Mon christianisme était très christocentrique. D'autant plus que j'ai échappé à une existence bourgeoise grâce à une vie érémitique et ascétique qui se prolongeait également hors du désert. Car il n'est pas besoin d'un support spatial particulier, excentré de la ville, pour atteindre l'au-delà, l'éveil, la vérité. Le chemin de l'absolu peut se révéler en méditant, en priant dans le métro. Et si nous ne trouvons pas les preuves de l'existence de Dieu, où sont celles de son inexistence ? Dieu est certes tout voulant, mais est-il tout-puissant ? L'aveu de notre ignorance, même concernant la vie future, me semble plus louable que certaines théories pompeuses bâties par les théologiens. Après la mort, j'ai le droit d'espérer en une vie future. Mais non d'affirmer son existence. Je me rappelle un mot de Forrow, un ami d'Emmerson. Durant son agonie, des bonnes gens espéraient une révélation du mourant. Forrow, plein d'esprit — certains hommes le gardent jusqu'au dernier soupir — répondit simplement :

One world in the time, « Un monde à la fois ». Voilà qui est honnête et courageux. Il faut avancer sur ce droit fil de l'humilité. D'autres brodent sur l'avenir après la mort. Tel ce philosophe qui se représentait l'existence comme une grosse pelote de fil sans commencement ni fin. Certains déroulent ce fil pour le parcourir, tels des funambules. D'autres jouent avec. D'aucuns le lancent aux hommes qui tombent dans le Précipice. Quelques-uns l'utilisent pour se pendre. La réflexion de ce philosophe cernait la question : « Qu'as-tu fait de ton talent ? » Il représentait la mort par un nœud gordien que le passage de vie à trépas dénouait. Ensuite les humains poursuivaient leur chemin sur un fil invisible. Et jouissaient, à partir de ce nouveau trajet, d'une jovialité constante que rien ne troublait. Je ne sais si ce message est intelligible pour tous. Peut-être Euclide eût-il conversé avec ce philosophe. De cette idée, je garde la présence finale de la santé mentale, de la joie et de l'humour, compagnons de cette santé.

À chacun sa formule. Nous désirons tous ouvrir le cercle de la pensée pour arrêter sa ronde stérile. La phrase de saint Jean est un excellent remède contre cette stérilité : « Le monde passe et son désir aussi, mais celui qui fait la Volonté de Dieu demeure à jamais. » Nous sommes des crucifiés volontaires. Les Chrétiens étaient supposés porter la marque des clous, tel saint François stigmatisé. Des stigmatisés qui ont bouleversé la hiérarchie de Hugolin et Innocent. Un puissant idéal se révélait : la pauvreté. Une révolte se développait, celle des doux. Deux armes, la pauvreté et la douceur, inquiétaient les autorités ecclésiastiques, en particulier les papes, ces puissants seigneurs déguisés en sultans.

Il faut faire face au défi du XXIe siècle. Teilhard de Chardin, dont la pensée avait déjà franchi le cap du troisième millénaire, croyait, sans penchant réactionnaire, au retour des valeurs : morales, spirituelles, mystiques. Sa philosophie religieuse fut incomprise, car trop théorique. Mais sa pensée, « tout ce qui monte converge », dynamise toujours les penseurs qui préparent l'avenir du genre humain. Je me suis inspiré de cette réflexion lapidaire pour répondre à un musulman qui voulait me convertir à l'Islam : « Il est une montagne unique. Nous la gravissons les uns les autres par des sentiers différents avec l'espoir de nous retrouver un jour au sommet, dans la Lumière et au-dessus des nuages. » À chacun son chemin. Je ne suis pas favorable au syncrétisme, à ses mélanges. Des gens apprennent à penser zen ou bouddhiste. Certains, grâce à ces religions philosophiques, trouvent ainsi leur voie, leur bonheur, et notamment se dégagent de la douleur ; mais d'autres succombent simplement au folklore. Le syncrétisme est chargé d'exotisme. L'œcuménisme ne réside pas dans la fusion de traditions si différentes depuis longtemps. J'ai indiqué à Teilhard des convergences évidentes entre ses idées et celles de penseurs protestants en lui envoyant *L'Évolution, doctrine de liberté* de Franz Leehrdt, *Le Problème du bien. Essai de théodicée* et *Le Journal d'un pasteur* de Wilfrid Monod, mon père. Je lui ai aussi révélé l'existence des deux Sabatier, Auguste, celui de *L'Esquisse d'une philosophie de la religion, d'après la psychologie de l'histoire* et Armand, le zoologiste, auteur de *La philosophie de l'effort*. Teilhard et moi étions très proches dans notre recherche du monde inanimé. Nous voulions garder la divinité dans son dernier retranchement : le Ciel. La science « positive » de l'homme matériel, anatomique est dépassée, limitée. L'essentiel est de développer une irruption, voire éruption de l'esprit comme dynamique.

Dans notre correspondance, nous avons largement esquissé une philosophie de la religion d'après la psychologie de l'histoire. Alors que les scientifiques actuels débattent d'une éthique de la Science, comme d'une nouveauté, nous avons développé la valeur spiritualisante et hominisante de la Science. Le temps est dépassé de savoir si l'homme descend du poisson ou du singe. Une question s'impose : quels sont nos ancêtres communs ? Le poisson nous renvoie à une époque antédiluvienne. Les vertébrés et les mammifères à la période du Crétacé. Les rois en étaient les Dinosauriens, famille très diversifiée ; les uns étant herbivores, les autres carnassiers. Ce groupe a totalement disparu comme les Ammonites à la limite du Secondaire et du Tertiaire. Le pourquoi de leur disparition n'a pas été résolu. Il est possible que certains groupes soient destinés à un temps déterminé de vie sur la Terre pour pratiquer leur perfectionnement au niveau de leur phylum. Ce temps atteint, leur disparition s'ensuit. Sera-ce la destinée de l'homme ? Il l'aura, pour sa part, provoquée par excès d'imprudence, à force d'aller vers le Chaos, la désintégration et non l'intégration. La disparition probable de l'homme ne m'émeut pas. La nature existait avant lui ; elle peut vivre sans lui et beaucoup mieux, puisqu'il l'exploite. Une planète rase de la flore et de la faune, voilà qui serait grave. Cette perspective invite certains Terriens à envisager une vie sur d'autres planètes, dont Mars. Plutôt que d'échafauder ces rêves de science-fiction, il me semble prioritaire de construire notre présent, avec notre Terre et notre civilisation. L'urgence c'est aujourd'hui et maintenant. Et elle demande notre appétit, notre vie, notre essor mental. L'important est d'œuvrer par le commencement : l'hominisation de l'espèce humaine et non la robotisation de l'animal humain.

Formulons une hypothèse : Si l'homme disparaissait, quelle espèce animale le remplacerait ? Les fourmis peut-être ? Leur nombre, leur biologie, leur organisation sont prodigieux. Elles différencient les membres de leur communauté, l'amie de l'ennemie. Leur mode de communication est à moitié chimique, grâce à la distinction des odeurs notamment. Elles règlent la proportion des groupes à l'intérieur d'une colonie.

Tous les scientifiques et les penseurs réfléchissent au devenir de notre planète sans l'homme. Mais restons dans la vraisemblance ! Dire que les calamars géants peuvent nous remplacer (certains mesurent quelque 20 mètres), est aberrant ! Ils ne sont pas nombreux et sont aquatiques. Ils respirent l'oxygène dissous par des branchies. Il leur faudrait réinventer le monde pour débarquer sur le continent, protéger leurs œufs contre la dessiccation, les transporter sur la terre ferme ou alors ils resteraient très vulnérablement des amphibies, des batraciens comme les grenouilles obligées de pondre tous les ans dans l'eau. Les larves sont aquatiques. Ces bêtes ont besoin également de la terre. Alors que les lézards sont libérés de l'eau.

À l'instar de Teilhard de Chardin, j'ai rejeté le dogmatisme scientiste, matérialiste et étroit. Nous étions tous deux engagés dans la voie de la Liberté. Le Père n'a jamais oublié l'impact du « phénomène social » autour duquel s'animait la spirale de la convergence. Ses néologismes ont dérouté les esprits sclérosés. Pourtant dans les mots « Noosphère », « Totalisation de l'Univers », le christianisme demeure ; ses forces d'amour, de Morale, de Mystique. Mais sans jamais faire abstraction de la Matière, puisque Teilhard entendait placer le biologique au-dessus du physique, et réunir tous les facteurs de l'être, alors que l'homme actuel, le technocrate, dissocie, dissèque, ne voit qu'une partie du Tout. La Matière est mystique « sublimation ».

Teilhard et moi étions convaincus que l'homme était loin d'être terminé, qu'il fallait dégager ses énergies morales et physiques inemployées. Cependant, il attachait plus de valeur au groupe zoologique humain qu'au phénomène humain. Il avait le don en reprenant un même thème de l'enrichir, de le recentrer. Lorsqu'il entreprit une étude « sur la structure phylétique du groupe humain », je l'ai orienté vers l'Afrique du Sud où il a trouvé « un début de chronologie » (deux niveaux dont le plus ancien est mésolithique ou néolithique anciens) et « des ossements humains ». Malgré sa santé fragile, il a voulu découvrir la géologie de l'Afrique du Sud, les Australopithèques. Cette replongée dans la géologie était le geste à faire. Mon idée fortifia son articulation du Biologique au Spirituel. C'était en 1951. Il reprit assise dans le monde scientifique anglo-américain, creuset des savants de premier ordre, et dotés de moyens financiers considérables. Cependant nous n'étions pas des chercheurs de cabinet mais des hommes de terrain. Le Père serait parti à l'autre bout du globe pour trouver un élément, fût-il infime, permettant de souder un maillon manquant dans l'histoire préhistorique. J'ai fait de même en 1995. Je suis retourné au Tchad cueillir une fleur dont le Muséum avait un seul exemplaire, que j'avais ramené en 1940.

Partir. Tous les chercheurs, quel que soit leur âge, ont cette faim, cette soif. Partir, encore et toujours. Teilhard connaissait cet appétit du scientifique qui cherche l'origine de la formation des cellules vivantes capables de se reproduire. Il se polarisait sur le minéral impérissable, éternel. Ce silex sur mon bureau, combien de fois l'ai-je pris entre mes mains ? Il a 100 000 ans. Et cette arête de poisson, cette coquille de crabe ou le crâne de cet homme, vieux de plusieurs millénaires. Enfant, Teilhard idolâtrait le fer. Grande fut sa déception quand il découvrit que la rouille pouvait le ronger. Tandis que l'os animal ou humain, équivalent d'un minéral, franchit les siècles, hormis si le feu s'en empare. La découverte de cailloux cassés, d'ossements, lors de mes périples sahariens fut toujours une plongée dans l'absolu.

En Afrique, où je l'avais orienté, Teilhard fut dérouté par le manque de points de repères tertiaires. En revanche, ce pays lui livra concrètement la Genèse des Continents — il préférait ce mot à Dérive — et la chute directe du Pléistocène au Karroo l'a fasciné en lui permettant d'étoffer le jeu entre analogies et contrastes qu'il utilisait beaucoup. Nous avons ensuite débattu sur les origines humaines en Afrique, en gardant en filigrane

47

le nouveau Dieu trans-chrétien qui favoriserait et dyna-
miserait l'hominisation de l'homme. Ce voyage a permis à mon ami de déterminer que ce continent était bien
le foyer principal du développement de l'homme.
« L'Indo-Malaisie ne représente qu'un foyer secondaire, partiellement avorté, où l'Homme n'a pas dépassé
le stade soloensis », reconnut-il. Nous avions ensemble
retrouvé l'image du globe qui éclate ; et bien sûr notre
réflexion sur le minéral nous ramena au grand centre
d'expansion humaine en Afrique à l'âge du paléoli-
thique. Teilhard découvrit également la lecture de la
roche devenue vivante, charnelle. Il me questionnait sur
les brèches, les fissures, les karsts de la plate-forme africaine tout en m'expliquant que ce monde minéral contenait partout de l'Homme ou du Pré-Homme. Une
immense partie de son puzzle, la Genèse des Continents,
se complétait grâce à la découverte de types marginaux
« néandertaloïdes » et le conduisait à la naissance d'un
nouveau type zoologique, modèle précis et « parfaitement déterminé ». Cette découverte l'a conforté psychi-
quement à ne jamais diviser son travail de chercheur et
de religieux.

L'esprit de fidélité nous unissait. Grâce à notre amitié, à nos réflexions, nous avions structuré nos pensées
communes. Je le ramenais vers plus de pragmatisme et
nous échangions nos découvertes. Nos recherches
convergeaient vers l'arbre humain. Le centre en était la
connaissance toujours plus enrichie du groupe zoologique humain, sa structure, son expansion. Teilhard
employait les mots « compression, convergence ». Il
m'a confié son amertume de voir sa pensée incomprise,

détournée. Beaucoup d'analystes en avaient extrait le mot Cosmos qui rythmait sa réflexion. Pour certains, le père Teilhard de Chardin était un hérétique. Ce jugement émanait de catholiques dogmatiques, intégristes qui ont l'art d'informer en déformant. Ils ont gardé une âme d'inquisiteurs avec le bûcher mental en plus. Or, jamais Teilhard de Chardin n'a oublié le foyer christique, personnel et transcendant, où demeurent toutes les propriétés rédemptrices de l'évolution. Sa vision lui révélait l'homme de demain plus humain. Prôner que Dieu change, qu'il s'adapte à l'homme, que la Matière et l'Esprit font un, que la Religion est en mutation, qu'il faut repenser la foi et vivre la Transcendance et la Lumière au quotidien étaient des idées trop révolutionnaires pour ne pas inquiéter certains théologiens et pratiquants sclérosés.

Nous étions d'accord sur la recherche d'un nouveau Dieu placé au cœur de l'ancien, un Dieu plus chrétien baignant dans le processus cosmique. Il est évident que notre société se pétrifie. Elle ne s'oriente pas vers une générosité amoureuse, malgré la pléthore de mouvements humanistes, récupérés par les faux prophètes de la politique ou des âmes atteintes de sensiblerie, et non de sauvegarde de leur prochain. Quant aux religieux et aux fidèles, beaucoup divorcent d'avec Rome qui a gardé des rituels ancestraux, la fascination du pouvoir, de la richesse. Le nouveau catéchisme n'a de novateur que la couverture. Nous sommes voilés de poussières liturgiques.

On peut, on doit avoir une foi brûlante, une charité évangélique et surtout une ascèse en tout. Par les mots disant l'essentiel pour purifier le silence, cet oublié ; par nos actes du plus petit au plus grand. Si je lutte pour le bonheur des animaux, je ne puis manger leur chair. Il faut se fixer des lignes directrices personnelles très rigoureuses, mais dont l'effet rayonne sur autrui. Pour s'accomplir, l'action sans esbroufe va de soi. Tout comme la nécessité de brûler intérieurement ; car l'être humain doit ressembler à un métal qu'il faut assouplir par le feu de la foi, de l'intelligence. L'habit de l'homme ne sera pas le fameux vêtement d'acier dans lequel le Dogme a voulu nous enfermer. Nous y vivons gênés aux entournures. La théologie ne détient pas la Vérité. La Science peut l'assouplir, elle n'est pas immuable, elle s'adapte, elle irradie. Elle ne veut ni combattre ni remplacer Dieu mais lui transfuser l'énergie humaine à condition que celle-ci soit débarrassée de ses scories. Teilhard de Chardin m'avait exprimé sa douleur puisque, prophète hors du temps, il avait reçu les étiquettes les plus vulgaires. Sa profession de foi, son désir de précipiter le nouvel homme vers la convergence, la transcendance furent salis par des poncifs, des clichés : « évolutionnisme », « panthéisme », « matérialisme », « néo-paganisme », « démagogie intellectuelle », « hégélianisme à peine christianisé ». Et pour comble son « Christ cosmologique », dirent les théologiens de Rome, « se rapprochait davantage de la pensée orientale que de la pensée romaine ». En quoi la pensée orientale serait-elle hérétique ? Tous ceux qui tentent d'échapper aux nobles de Rome ont connu ces attaques. Je ne citerai que quelques exemples flagrants, saint François d'Assise avec une seule arme, la pauvreté. Jeanne d'Arc, certes manipulée, mais qui éclatait d'un Immense Amour naïf, sans interrogations. Pour un scientifique croyant et mettant l'Évangile en actes, accorder Science et Croyance équivaut à tendre la corde d'un arc, ni trop souple ni trop rigide et vérifier du doigt si le son qu'il en tire n'est pas « discordato », comme disent les violonistes. Il y a, c'est évident, une rédemption dans l'Évolution. Je répète souvent une très belle phrase du père de la Noosphère, mort le jour de Pâques, comme il l'avait pressenti : « Rien ne saurait empêcher l'Homme, tôt ou tard, d'adorer son saoul. Il nous faut à toutes forces, du Vin, du Pain nouveaux. Nous ne pouvons plus vivre avec le Dieu incomplet que l'on nous offre. »

Il faut repenser notre foi, ôter l'habit du vieil homme sous lequel se trouve le nouveau Dieu. Un jour, un clochard malheureusement ivre, mais fou de Dieu et porteur d'une croix m'a abordé. Il prétendait avoir été choisi par Dieu, malgré sa pourriture, pour parler aux hommes de la rue, pressés et indifférents ; il se prénommait René, lisait la Bible tous les jours et voulait retrouver sa dignité. Il m'a dit voir l'omniprésence du Christ. Il le rencontrait partout, dans le regard d'un vieillard, d'un enfant, d'un chien. Ses propos m'ont rappelé que, enfant, je n'aimais pas voir le Christ crucifié. Je le concevais libre. « Le Christ, m'a dit René, ce sont les hommes qui l'ont laissé sur la Croix. Idolâtrer une statue, une image les arrange bien, le dimanche, à la messe, histoire de gagner leur Paradis. » René avait raison. L'église est dans la rue, là où ne sont pas les honneurs, l'argent. Et le Christ marche parmi nous.

SE SOUSTRAIRE

Je songe à cette longue parenthèse, ouverte en 1923 et refermée le 9 janvier 1994 à midi dix, heure et date auxquelles je suis descendu de chameau pour la dernière fois. Il faut bien se résoudre à certaines raisons physiologiques ! Le voyage au long cours saharien, je le ferai désormais en 4 x 4.

En vieillissant, je voyage beaucoup dans ma mémoire, même dans mon appartement, situé dans le navire de Paris. Je retrouve la leçon du désert, son épure, son chant du silence, dont j'aimerais que soit empreinte la soi-disant civilisation étouffée par l'anthropomorphisme triomphaliste et orgueilleux. Ce serait une renaissance, la supervie et non la survie. La préparation d'un homme cosmique, spirituel et authentique, dépouillé de ses inutilités. Moins d'artifice, de bruit et de fureur. J'imagine ce flot de gens dans le désert, ce grand révélateur. Avec lui l'éternité, c'est-à-dire l'immensité du temps, se vit au quotidien. Sa géologie est visible même pour un amateur. Le squelette de la planète apparaît sans complexité. L'histoire de la Terre se lit à livre ouvert. La nature nous apprend la sagesse.

C'est un trait marquant de la civilisation saharienne dont le rythme est lent, constant et puissant. Les Bédouins ne sont pas pressés. S'ils n'arrivent pas à destination aujourd'hui, ce sera demain. Les chercheurs, eux, doivent suivre un programme, atteindre des étapes à des dates précises, respecter une organisation même dans un milieu saharien. Le Sahara nous enseigne à ne pas gémir, à ne pas parler inutilement. Les mots inutiles nous intoxiquent. Le silence d'ailleurs fait partie de beaucoup de règles religieuses. Le désert, comme le diocèse, vous ponce l'âme, vous apprend les gestes en symbiose avec le corps, une certaine lenteur intérieure. Mais *a contrario* des Bédouins, dans le désert, je ne maîtrise pas toujours mon impatience, tant je suis dévoré par la curiosité, la soif de comprendre, de récolter. Je ne me comporte toutefois pas en aventurier. J'explore au sens large du mot. Mon but est d'ajouter des connaissances à celles déjà acquises.

Le Sahara est solennel, c'est un monde à part où la flore, la faune demeurent en vie par des grâces d'adaptation étonnantes. Le désert, *a priori*, c'est le globe sans terre végétale, sans humus et sans trace d'activité humaine. Il ressemble, pourrait-on dire, à la Terre avant l'homme ou à son devenir si l'homme décide son suicide universel. Il nous donne la notion de l'immensité du temps, de l'éternité. L'être humain ne ressent plus son existence comme un éclair sur la Terre.

La destinée m'a convoqué dans ce lieu, elle a fait de moi un méhariste, un homme des sables. Le désert est un éducateur sévère qui ne laisse passer aucune faiblesse. Les nomades « ressentent » l'homme dans sa psychologie avec une acuité qui égale celle de leur regard. Voir loin et clair est devenu ma devise. Si j'avais été uniquement un citadin, j'aurais certes combattu, cherché les raisons de notre existence mais avec moins d'ampleur. Mon éducation m'avait déjà préparé au dépassement de soi, mais la rencontre avec le désert et son peuple, la vie crue et nue vous mène, vous entraîne à la verticalité ; elle m'a éloigné des moments végétatifs, creux, inutiles qui altèrent la vie du citadin. Au désert, les extrémités du temps, l'Alpha, l'Oméga, semblent perceptibles. En ville, une montre est indispensable pour marquer le temps citadin ou un cadran solaire. Celui de la maison de Cuvier au Jardin des Plantes porte une devise qui anime tout scientifique : *Transibunt, sed augebitur sciencia*, « Les heures passeront, mais la science continuera à s'accroître ». Cette vie d'ermite et de chercheur m'a donné le goût, non d'être un spécialiste, mais un encyclopédiste orienté vers le point de départ de l'aventure humaine. De chaque expédition nous ramenons plantes, insectes, pierres. Ce fut le cas en Mauritanie, à la Mâjâbat al Koubra, lors de ma dernière méharée, à dos de chameau, soit une récolte de 15 kg nécessitant un an d'études et plus. Mais c'est ainsi que les traces pointillées concernant la Création se rejoignent, nous révélant toujours plus le passé.

Le désert, c'est aussi l'apprentissage de la soustraction. Deux litres et demi d'eau par personne et par jour, une nourriture frugale, quelques livres, peu de paroles. Les veillées du soir sont consacrées aux légendes, aux contes, au rire. Le reste appartient à la méditation, au spirituel. Le cerveau met le cap en avant. Nous sommes enfin débarrassés des futilités, des inutilités, des bavardages. L'homme, cette étincelle entre deux gouffres, trace ici un chemin qui s'effacera après son passage.

Soustraire, se soustraire ; prendre l'essentiel non seulement d'objets mais de pensées, cet allégement est déjà une philosophie. Le désert n'est pas complaisant. Il sculpte l'âme. Il tanne le corps. Il faut supporter le soleil intense du jour, le froid de la nuit. Trouver de l'eau, cette richesse. Supporter de perdre le sens du temps et de l'espace. Ceci n'est pas réservé qu'aux novices. Si ce vertige prend un Touareg, vous le verrez s'allonger, se recouvrir de son burnous. L'arrêt, le sommeil, l'obscurité, le silence le recentrent. Car le désert, dans le Ténéré par exemple, offre, comme la mer, un horizon perpétuellement circulaire. Nous utilisons à présent un instrument de positionnement par satellite. Il suffit de lire les chiffres sur l'appareil et de les reporter sur la carte. Pour ma part, je préfère utiliser ma vieille boussole. Les nomades, eux, se réfèrent toujours aux astres, au vent. Quelques mots d'un Bédouin m'ont toujours plus appris que ceux des professeurs. C'est pourquoi j'interroge toujours les pèlerins du désert. Leur acuité visuelle, mentale, instinctive est admirable. Le nomade s'appuie sur des repères infimes dans un paysage quasi désertique : une bande de sable de telle couleur, un ensemble de pierres de telles formes. L'homme est lié au paysage et sa vigilance lui garantit une liberté toujours fragile.

Au désert, on apprend l'existence simple. On retrouve l'origine de cette vie venue il y a trois milliards d'années sous une forme très modeste que j'appelle la « soupe primordiale ». Même le sommeil est une symbiose. Je creuse une alvéole dans le sable pour y loger ma selle maure de l'Ouest sur le flanc. La couche est orientée selon le vent. La tête repose entre les ailes de la selle. Le corps est enveloppé dans le burnous, les pieds dans le capuchon. J'ai découvert tardivement le sac de couchage et j'avoue qu'il n'invite pas au lever matinal.

Le désert commence, hélas, à intéresser les prédateurs. Des voyages d'initiation à la carte sont programmés par des « agences de tourisme », d'ailleurs désolées par l'interdiction de camper dans le sud de la Jordanie. Les parcours sont « originaux ». La guerre détourne parfois les voyageurs de cet exotisme. Et puis la location des chameaux est plus chère que celle d'un 4 x 4, notamment dans l'Oman, le désert des Wahibas. Il m'a été rapporté que certains touristes bronzent en tenue de plage, que des femmes européennes se baignent dans les grandes *gueltas* comme dans une piscine, ceci devant les nomades au mépris de leurs coutumes. Certes, c'est plus original que de griller recto verso sur les plages de France et de nager dans les eaux troubles de la Méditerranée.

Ce « lobby saharien » m'inquiète beaucoup. Nous avions déjà les agents immobiliers pour grignoter le littoral de l'Hexagone et voici les « agents du sable ». Les déserts froids, qui demandent des qualités d'endurance, ont moins de succès. Les citadins occidentaux parcourant ce lieu religieux ne peuvent, évidemment, se libérer en deux semaines du poids d'un monde qui renie les joies de la contemplation, le sacrement du silence et veut, d'abord, le bruit, la vitesse, les quotidiennes excitations de l'artifice et les promesses bien fugaces du poison sous toutes ses formes, liquides ou non.

Les touristes affluent tandis que les Touaregs disparaissent, peu à peu détruits. Mais n'oublions pas qu'ils firent des Nigériens leurs esclaves. L'Ecclésiaste nous dit : « Il y a un temps pour tout. » Les nomades, ces hommes libres, déplaisent aux pouvoirs centraux parce qu'ils leur échappent. Ils dérangent les gouvernements, les bureaucrates qui n'arrivent pas à les maîtriser de gré ou de force, d'où la tentation de les exterminer. Les grandes tribus chamelières ne se préoccupent pas des frontières, mais des territoires. Ils n'obéissent qu'à une autorité, celle du Désert et de Dieu. L'Afrique est constamment en proie à des massacres dus à l'instauration de gouvernements-guérillas. C'est un gâteau que les puissances occidentales se partagent.

Les nomades sont en péril. On peut tuer un peuple de différentes manières, pas seulement par les armes, mais aussi par le grignotement spirituel. Les Esquimaux, anesthésiés par les travers du modernisme, ont succombé à la « civilisation ». Mettre un Berbère dans la cage d'une H.L.M., le changer en *Homo urbicus* est une méthode comme une autre pour faire mourir un vieux loup des sables.

Le nomadisme est soumis à une structure sociale, aux lieux, aux variations climatiques, aux pressions gouvernementales, au droit coutumier des tribus. Ce n'est pas un groupe homogène. Les types de nomadisme sont riches de transitions, de formes mixtes. Leur rythme diffère selon qu'ils sont des nomades à migrations saisonnières, des semi-nomades, pour la plupart cultivateurs de céréales. Dans le centre des déserts vivent les nomades à migrations apériodiques. Ceux à migrations saisonnières parcourent de longues distances plus spécialement sur les bordures des déserts ou dans les montagnes. Un scientifique, Johnson, s'est penché sur leurs rythmes de navigation. Le nomadisme horizontal est pulsatoire, c'est un mouvement d'expansion et de rétraction à partir d'un point central elliptique, en circuit, la route du retour différant de celle de l'aller. Quant au nomadisme vertical, il est constitué de trajets moyens ou longs. Son rythme est une contraction oscillatoire et concerne notamment les peuples de l'Afghanistan. En revanche, les Touaregs du Hoggar voyagent dans des secteurs plus limités. Le nomadisme complexe est associé à l'agriculture et donc en rapport avec les changements climatiques ou encore les guerres entre tribus. L'avenir du nomadisme dépend du comportement des gouvernements. La seule richesse des nomades étant leur liberté. Ce sont des marginaux, ils n'entrent donc pas dans le cadre des systèmes de contrôle. Eau et pâturages sont les garants de leur liberté. Les États tentent de forcer les nomades à la sédentarisation.

Lors de notre mission auprès du peuple sahraoui, nous avons aménagé des points d'eau. Il faudrait consteller le Sahara de cultures. Le chercheur doit contribuer à équilibrer la vie des nomades sédentaires et itinérants afin que des relais s'organisent.

Le Sahara espagnol est un gâteau dont le roi Hassan II n'a pas l'intention de se priver. Notre mission, en mars 1995, fut un vrai travail de fourmi. Le peuple sahraoui veut retrouver son territoire, accéder à l'autodétermination. Je n'avais pu, lors de la colonisation espagnole, découvrir ce Sahara occidental, d'une superficie de 260 000 km², qui s'étend du Maroc au nord de la Mauritanie et touche l'Algérie au sud et au sud-est. Ce désert bénéficie, en outre, d'une longue façade atlantique. Le peuplement de cette région est composite et ancien. J'y ai découvert le Zemmour où je me suis particulièrement intéressé à l'herborisation mauritanienne. La future République arabe sahraouie démocratique attend toujours de retrouver un espace territorial. Le déni du droit des Sahraouis est une injustice parmi des milliers d'autres. Le gouvernement français ménage le roi Hassan II, qui a étendu son territoire, notamment au niveau du « triangle utile » — tracé entre El Aïoun, Samara, Bou Craa — riche en phosphates. Les frontières de la République sahraouie n'existent plus. Ce fut une mission émouvante. Un géologue a réalisé une culture de transition dans ces sables en y plantant des graines de navets, de choux chinois, de carottes japonaises, de laitues sénégalaises, de tomates françaises et d'aubergines « africaines ». Cette expérience de jardins-viviers et de cultures hors saison s'est faite dans les territoires sous contrôle sahraoui.

Le nomade ignore les frontières. Sa course est ancestrale. Il suit des traces transversales pour troquer les produits de son élevage, moutons sur pied, viande séchée, fromages, beurre, artisanat du cuir. Le « paiement » se résume en semoule, dattes, sucre, thé, couvertures. Mais maintenant, ils doivent organiser leur voyage en franchissant les frontières des États, ce qui signifie des détours clandestins et périlleux. Les points de jonction de ces tribus ont été modifiés. Le peuple du Sahara en général se contente de sa propre culture, de sa propre civilisation. Quant à sa méthode pour se soustraire à l'ennemi, elle consiste à utiliser le terrain, la mobilité, en évitant si possible le combat. Détruire un peuple qui sait vivre en autarcie, qui souhaite l'autodétermination et pouvoir circuler librement sur quelques arpents de sable est un bel exemple de dictature gratuite. Déjà de Gaulle avait envisagé de conserver le Saharien algérien pour le gaz et le pétrole. Les gouvernements, pour résoudre le soi-disant problème du sous-développement des nomades, veulent leur sédentarisation ; autrement dit, leur mort mentale. La liberté n'est pas aimée. Parqués, ils seront neutralisés, étouffés.

Le peuple nomade disparaît aussi en raison du sous-développement dû à l'aridité. Certaines tribus n'hésitent pas à s'enfoncer très loin dans le Sahara. Elles choisissent pour ce faire, je ne dirai pas la bonne saison, terme occidental, mais une période où il a plu.

Le désert progresse (dans le Sahara libyque, par exemple, la pluie viendra dans 100 ou 1 000 ans) sous l'action des vents, du manque de pluie, du tarissement des nappes phréatiques, d'oasis, de la disparition de toute végétation. Pour les nomades, cela signifie la famine. Cependant les déserts peuvent retrouver l'humidité. La planète n'est pas immuable, ses humeurs sont à la mesure de l'être humain, que transforme une poignée d'années quand il faut des millénaires pour changer la planète. Quand le désert sera-t-il à nouveau une prairie ? Tout est possible avec les oscillations climatiques. Pourquoi resterions-nous au point le plus bas des variations climatiques dans le sens de l'aridité ? Il y a 10 000 ans le désert était une savane où vivaient des girafes, des éléphants. Le climat les a exterminés. La nature offre quelques exemples remarquables. Telle île volcanique surgie d'un océan était brûlante, aride. On n'aurait pu y faire germer des spores de lichen ou d'algues. Or, des millions d'années plus tard, elle est riche de toutes sortes d'espèces animales et végétales. C'est pourquoi le désert peut réserver, dans un avenir difficile à déterminer, un retour à la vie.

Sauver les nomades fait maintenant partie de notre démarche autant que chercher et retrouver les origines de la planète afin d'en tirer, outre des hypothèses scientifiques, des réflexions philosophiques. L'homme préhistorique était plus sage que celui de la cybernétique. Ce prédateur, champion de la destruction, du ravage et du profit, saccage les ressources naturelles, accumule les engins guerriers.

À l'instar de Teilhard de Chardin, je pense que « le grand problème est celui de l'Un et du Multiple ». Je déplore la méthode fractionnée de notre époque. Les tâches coupées en tranches, privées de leurs racines. L'homme s'est retiré du cosmique, de la fascination de l'universel, de la totalité. Des valeurs propres aux poètes, aux artistes, aux mystiques. Ces valeurs sont inépuisables dans le désert. Marcher sur son espace se fait sans les repères de la cité. On avance sur les origines de la planète, sur une nudité que beaucoup comparent au futur du globe après l'explosion des mégabombes. Mais le désert n'est pas comparable aux restes d'une terre après un raz de marée atomique. Il est étoffé d'un en deçà très proche de l'au-delà. Ses couches profondes réservent un monde intérieur à déployer. Espérons que l'avenir technologique saura découvrir cet espace avec respect. Le désert aime le silence, les silences, la sagesse. C'est un tissu très réceptif. À sa manière, il est un lieu d'épreuves et de mystères comme les pyramides, l'Atlantide, l'Empire aztèque, où des secrets resteront à jamais clos, non identifiés. L'incapacité des ordinateurs à autopsier les pyramides est un signe. À chacun sa science. Il faut situer les rapports entre l'Ancien et le Nouveau Monde. Et, sans doute, les générations futures connaîtront-elles l'existence de civilisations plus performantes que la nôtre. Mais pour ma part, la simplification de la vie préhistorique, ce prélude à la vie organisée, est un exemple et une découverte fondamentale. Si le Sahara me laisse quelquefois entrevoir l'aprèscivilisation, cette vision est fugitive car l'Espérance est mon ressort. En parcourant le désert, mon regard est toujours dirigé vers le sable, à la recherche de l'infime, de l'indice qui complétera ce travail de fourmi du chercheur saharien. Et lorsque je relève la tête, cette vision a disparu. La beauté du désert n'est pas nue, mais faite de dunes, d'architectures de grès, du mouvement des ombres, des lumières. J'aperçois un horizon qui s'éloigne à chaque pas dans l'ondulation de la chaleur. Une sphère qui n'aime pas être saisie tout comme les nomades.

Cependant, le désert n'est pas le lieu de l'âge d'or. Parce que, si peu peuplé qu'il soit, il y a les hommes. Et ceux-ci viennent d'une pâte unique, celle dont est composé chaque citoyen du monde. Ils ne sont ni meilleurs ni pires. En revanche, plus que nous, ils ont gardé le sens de la poésie et du rire. Les veillées sont animées par les vers, les calembours, les légendes, la gaieté. Ces gens vivent dans un milieu très difficile auquel ils se sont étonnamment adaptés. C'est une réussite comparable à celle des Esquimaux de la terre de Baffin, à la limite de la survie. Ils ont réussi à s'assimiler à cette terre. Quant à nous, le modernisme nous a transformés, et même déformés, par son enchaînement de nuisances. Bien que je ne sois pas contre le progrès matériel quand il peut épargner — et non pas éviter, comme il est souvent dit — de la peine aux êtres humains, je crains le pouvoir des technocrates. Ces Faust veulent prendre le Monde en main. Nous aurions alors une marée de consommateurs aveuglés, ignorant tout de la Terre, de ses cycles et richesses. Un *Homo urbicus* sans relation avec le cosmos qui fait partie de sa chair. La cité a rendu l'homme sédentaire. C'est le lieu où il exprime certaines de ses barbaries. Le temps des quatre saisons a disparu au cœur d'une société presse-boutons. La ville, c'est le temple, la caserne, la prison, le mauvais lieu et la civilisation s'est répandue dans ces architectures. Les enseignants ne sont-ils pas obligés de faire visiter des fermes aux enfants du béton afin de leur montrer que l'œuf vient bien de la poule et que la pomme de terre, contrairement à la pomme, ne pousse pas sur un arbre...

Il faut aux vigilants et « dynamiseurs » éveiller l'homme, le remettre dans l'axe d'une transcendance, d'une évolution, d'un dépouillement afin qu'il dégage son essence. Car il n'y a pas que de faux prophètes, ceux, nous dit saint Matthieu, « qui viennent à vous déguisés en brebis, mais au-dedans sont des loups voraces ». Et il conclut par : « C'est à leurs fruits que vous les reconnaîtrez. » Le citadin doit garder sa liberté intérieure. Sa vie ne s'arrête pas au point Z, ses tâches ne sont pas préétablies. À penser ainsi, il perd beaucoup de son goût de vivre, de sa curiosité. Sa marche, plutôt que sa course, doit se composer d'essor en avant et vers le haut.

J'ai eu la chance de rencontrer le désert, ce filtre, ce révélateur. Il m'a façonné, appris l'existence. Il est beau, ne ment pas, il est propre. C'est pourquoi il faut l'aborder avec respect. Il est le sel de la Terre et la démonstration de ce qu'ont pu être la naissance et la pureté de l'homme lorsque celui-ci fit ses premiers pas d'*Homo erectus*. On n'entre pas au désert avec le goût du Chaos. Le Sahara est actuellement fragilisé, or il doit rester un diocèse, d'autant plus que la religion est une clef de voûte du peuple saharien. Il est des actes qu'un homme ne commettra jamais dans une église, une synagogue ou un temple. Ici le mot « élevé » prend son sens d'élévation. Le Sahara est un temple, l'un des milieux les plus autonomes que l'on puisse imaginer, car le phénomène de l'aridité y est très spécial. Il faut donc, si l'on va au désert, en respecter les habitants, les animaux, en écouter les leçons, dont la pure simplification de la vie, alors que les mégapoles nous submergent de superflu dans tous les domaines.

On peut vivre avec très peu de choses et bien se porter. En voyant la technocratie se retourner contre l'homme, nous repensons à la manière de Gandhi et d'autres sages. Le salut n'est-il pas dans l'artisanat, la frugalité, une certaine autarcie, l'art, le silence, et aussi une lenteur recelant la dynamique ? En bref, dans diverses sources oubliées par l'homme de l'an 2000, pris au piège de la technologie. Beaucoup, appâtés par l'aventure, se dirigent vers les civilisations dites « primitives » qui peuvent éclairer, ressourcer le monde occidental. Elles ne sont d'ailleurs pas « primitives » ; simplement, elles n'envisagent pas de vivre sans la nature et veillent à son équilibre où elles puisent leur harmonie.

Des Touaregs ont dû s'installer à la ville. Déracinés, décentrés, ils n'ont qu'une hâte, redevenir les fils du ciel et de la Terre et retrouver une fraîcheur ancienne. Après tout, depuis qu'il est soi-disant « civilisé » et *sapiens*, l'homme n'a pu surgir de son œuf de chair et d'esprit où il souffre d'entropie. Pourtant la grandeur des commencements est présente chaque matin. *Corpe diem*, nous conseillait Horace. Le jour commence avec l'aube, la fraîcheur au sens symbolique, une fraîcheur flétrie par l'homme moderne. Ainsi, le Paris-Dakar au goût de conquête. Le Sahara, c'est le Nouveau Monde. Les hommes y arrivent bottés, casqués. Ils viennent chercher l'aventure dans ces terres vierges. Mais ils veulent avant tout se conquérir. Le spectacle du monde les a envoûtés. Même dans les lieux vierges, ils restent les comédiens d'une société qui se joue la comédie. Les indigènes observent ces « sportifs » comme les Indiens furent fascinés par les troupes de Christophe Colomb, porteuses de bijoux, d'armes. Plus proches de nous, les Esquimaux ont été annihilés par le whisky, le tabac et les logements « modernes » des Américains. Nous connaissons la suite : la décadence d'un peuple libre et cosmique. L'*Homo sapiens* est par nature un conquérant d'espaces et de pensées. Toujours en quête d'idoles humaines, il s'entiche de certains personnages qui ressemblent au Messie et ne sont que des Antéchrist. L'homme n'est pas destiné à être une machine perfec-

tionnée travaillant à la désagrégation d'un ordre originel, d'une matière puissamment organisée, celle de la
planète, du cosmos. Le « syndrome faustien », la patho-
logie de l'orgueil l'amènent à vouloir diriger la marche
du monde, le fonctionnement de la planète, alors qu'il
s'est retranché du cosmos. L'osmose avec la nature, les
saisons, le fortifièrent. Alors il doute, il se questionne.
Où est ma finalité ? Certes la fleur du cerisier est rapide,
mais elle refleurira. Quant au moi, né de la poussière, il
y retournera. Alors le goût du néant en emporte plus
d'un, ce qui est une facilité. Leur finalité est connue :
N'existons pas. Ni pour nous-même ni pour les autres.
Activons plutôt le processus de destruction des hommes
inutiles et de la planète prépotente. Nous en sommes
capables. Nous avons créé la bombe, un outil de destruction que nous perfectionnons.

Mon raisonnement semblera schématique, cependant
il s'accorde aux grands traits d'une réalité dessinée par
tous les scientifiques, philosophes, artistes, romanciers
et veilleurs. Tant que nos gouvernements n'auront pour
fil conducteur que le Pouvoir rimant avec l'Argent et
s'agiteront dans leur panier de crabes à scandales, le
peuple en mal de finalité sera désorienté.

Dans l'Égypte ancienne, l'exercice du Pouvoir était
indissociable de la Sagesse. Celle-ci était un réservoir
de forces de création, d'art de vivre, d'art tout court.
L'homme est à la recherche d'une sortie de secours. Il se
sent au bout de l'impasse où il s'est lui-même engouffré
et placé en esclavage. Il doit s'orienter dans une voie
meilleure ou moralement acceptable. Le temps qui lui a
été imparti pour s'améliorer est dépassé et les menaces
qui pèsent maintenant sur l'espèce humaine sont très

lourdes. Savant « à l'ancienne », je tiens toujours à découvrir le désert au plus près, avec mes outils de débutant. Le Sahara connaîtra les scientifiques pourvus d'ordinateur, de confort. Lors d'une mission dans le désert libyque, je préfère ce mot de l'Antiquité, à celui de Sahara oriental, nous avons usé d'un confort scandaleux. De grandes rations d'eau et de vivres. Beaucoup de temps perdu à la préparation des deux repas, alors qu'un seul eût suffit. Il s'écoulait pas moins de trois heures entre le lever, nullement matinal, et le départ. Lorsque j'étais seul, je partais vers 6 h 30. Je disposais ainsi de toute la journée. Il faut dix heures de route pour faire 40 kilomètres. Un tel processus exaspéra mon impatience à découvrir encore et toujours, à être en éveil au plus tôt. Cette escapade m'a tout de même confirmé l'extension, à l'ouest, du Crétacé inférieur des grès de l'Adrar, base de la série stratigraphique terrestre, et permis d'atteindre un cratère de 45 kilomètres de circonférence où j'ai couché sans aucun abri, sinon plusieurs burnous, la température étant de $-14\ ^0$C, ce qui est supportable sans vent. Cette mission m'a rappelé un long périple de 3 000 kilomètres en trois semaines, que j'ai effectué à trente ans.

Le Sahara libyque m'intéresse beaucoup en raison de son infinie solitude, de son aridité. Nulle végétation. Son éloignement le préserve des envahisseurs touristiques. Ici, j'ai le sentiment presque palpable de la montée de la vie et de l'esprit. Plus de machine à abêtir les hommes, plus de frivolité, de médiocrité. Nous voici enfin seul avec le réel, la vérité. Enfin la demeure que nous sommes s'arrime sur le roc. J'ai alors le sentiment d'accomplir la très belle phrase de saint Matthieu :

« Faites-vous des trésors dans le ciel, là où les mites et la rouille ne dévorent pas, où les voleurs ne percent pas les murs pour voler. »

Parmi ces trésors, j'ai recueilli la flore de ce plateau, pour la plupart des débris de plantes. J'espère récolter une vingtaine d'espèces, chose difficile. La France en compte quatre mille. Ce désert dénote combien le couvert végétal s'est réduit. Pas d'eau, de pâturages, et donc plus de caravaniers. La vie a existé. Les gravures rupestres et les fragments de jarres à col étroit en témoignent. Il reste quelques acacias et, plus étonnant encore, des mouflons. Se nourrissent-ils de la chute des feuilles ? Ils ont en tout cas découvert des points d'eau ignorés des humains.

La mer de sable dans cette partie du désert est la plus importante de la planète. C'est un massif de 600 kilomètres de long et de 150 kilomètres de large. La fraction méridionale se divise en cordons dunaires fabriqués par le vent et en couloirs interdunaires. À la limite du Soudan, s'étendent de grandes surfaces de regs, de plaines cailllouteuses. Entre ces deux reliefs, une zone est parsemée de cratères volcaniques. Cette mer de sable contient des morceaux de verre sans doute dus à l'explosion d'une météorite ou d'une comète qui, s'approchant de la planète, aurait fait fondre ces plaques. Il faut une chaleur de 1 400 ^{0}C pour provoquer un tel verre trouvé dans les vieilles dunes du Myocène. Ce verre a 25 millions d'années, contient 98 % de silice et n'a pas de structure. Son cœur recèle de minces lames de pollen, des spores et même un micro-organisme. Les hommes du néolithique ont taillé en pointe cette matière d'un vert transparent. Nous élaborons plusieurs hypothèses. L'évaporation des eaux aurait-elle laissé au fond du lac un gel, une pâte de silice dont le durcissement aurait donné cette matière ? Pour répondre à cette question, il faudrait fouiller en profondeur la partie massive de la mer de sable, ce qui est impossible.

J'espère en un nouvel homme, je ne dis pas un homme du futur. « Nouvel homme » implique pour moi une renaissance, un être affranchi de beaucoup d'inutilités. Nous compliquons trop nos existences. Mon père disait : « Nous sommes possédés par nos possessions. » Le désert nous apprend à nous soustraire des futilités et inutilités. Dans son espace, nous sommes à la limite de la survie. Les grandes cités nous submergent de superflu dans tous les domaines. Ces boutiques de gadgets, cette marée de nourriture, de vêtements. Ces maisons envahies par quantité de meubles et de bibelots. Tout cela incite les gens à posséder, acheter tout à crédit, y compris leurs vacances. Placés dans une spirale infernale, ils sont dépendants de la société de consommation. Alors que la source du bonheur est en nous-mêmes. Pour certains, je crains que cette nappe phréatique ne soit tarie. Même les enfants sont blasés par un déluge de jouets. Je garde la nostalgie des arbres de Noël de mon enfance, simplement garnis de fruits, d'une poupée, d'un ours. Cette gabegie empoisonne l'homme. Il a succombé aux tentations artificielles. La pomme d'Ève a changé d'aspect. Elle ressemble maintenant à la pomme américaine avec sa légende où le temps s'est changé en argent, *We took a bite out of the Big Apple* (« Que chacun prenne un morceau de la pomme »). Heureusement, les vigilants sont là pour gratter le vernis. L'homme se disperse, gâche son énergie, continue à aimer les jeux du cirque, les courses automobiles, la chasse à courre, etc. Il faudrait tailler tous ces surgeons afin que la sève irrigue le fût, et s'évader des fausses adorations. Contre la religion du profit, nous devons opposer la religion de la beauté, son pain vivant, son eau vive. Le sacré est la colonne vertébrale de l'être. Notre civilisation occidentale souffre aussi de logorrhée. Le silence, les silences sont enrichissants. Je l'ai appris au contact d'un peuple de culture orale, pour qui la phrase, le poème, le conte, la légende sont des repères de mémoire à caractère sacré. Le brouillard des mots nous accable. Les gens ne conversent plus. Ils lancent leurs opinions qui rebondissent sur autrui ou fuient en parallèles. Rares sont les paroles de réconciliation, d'entente. Le bavardage se répand. Prenez un mot : le temps. Si le citadin en parle, c'est pour remplir le vide de son temps. Pour le paysan ou le Bédouin ce temps est utile, nécessaire, il guide sa vie, ses récoltes. Le silence oppresse le citadin qui le noie dans les mots. Le temps, le climat, pour l'homme du désert, participent de son être. Il lui doit sa survie. Le nomade est intégré au cosmos. Certains jugent pauvre le vocabulaire arabe. Bien au contraire, il va à l'essentiel. Lorsque neuf mots arabes expriment une pensée, il en faut quatre-vingt-quatorze en français. Emporter le strict nécessaire trouve également tout son sens. Les Mauritaniens emmènent sur leurs chameaux une seule guerba (outre en peau de bouc pour l'eau) et une maigre tassoufra (sac en cuir à vêtements). Qu'importe le lendemain ! « Demain se souciera de lui-même », nous dit saint Matthieu. La divinité s'en occupe. Mon paquetage ne contient que l'essentiel. Les livres me sont indispen-

71

sables, moins maintenant avec ma vue affaiblie, mais lors des longues navigations sahariennes à dos de chameau, le temps semble long et peut vous endormir. Le réveil est alors rude. Pour occuper les lentes navigations sahariennes, j'emportais quelques livres dont toujours un Shakespeare relié en peau de chèvre. Les livres doivent être copieux, nourrir les heures ; être à la fois robustes et souples pour être lus d'une main.

À l'heure vespérale ou crépusculaire, j'ai beaucoup pratiqué l'écriture. Mes écrits font partie de mes récoltes. Pour m'exprimer, je préfère l'écrit à la parole. Écrire évite les répétitions. La parole dit trop ou formule une idée incomplète. Les gens se perdent en phrases inutiles, farcies de clichés, de mots impropres. La plume supprime le verbiage. Rayer un mot, en ajouter un autre, c'est composer un mécanisme d'horlogerie cérébrale, un puzzle. Le travail de ratures, de filtrage, est une sorte de graduel vers l'épure.

En mai 1995, un voyage a marqué une étape de ma vie. C'était au Yémen, pays abrité par la corne de l'Afrique. J'ai écrit le chiffre 20 000 sur mon herbier. J'avais dit m'arrêter à ce chiffre, sorte de point final. Mais ma curiosité m'engage à découvrir encore. C'est la plante du véritable encens qui porte ce chiffre. La flore yéménite est loin d'avoir livré tous ses secrets. Les espèces y sont variées, elles n'ont pas été répertoriées dans cette région volcanique, étrange, presque inhumaine. 60 ^{0}C de température, cinq heures de marche pour atteindre le sommet du volcan d'Aden, le mont Shamsan, puis un bivouac de nuit dans le vent froid, voilà qui élimine les chercheurs de denrées rares.

Durant cette montée, j'ai pensé à l'Unique Montagne,

celle des Béatitudes, où chacun, au gré de son chemin, se retrouverait en haut pour glorifier l'unité, l'harmonie. Il faut toujours fixer des défis à notre vie afin d'aller voir plus loin, plus haut. Au sommet se trouve la voie, la cime de la réconciliation débroussaillée des barbaries. Voilà pourquoi j'emploie souvent l'expression « quête du Graal » car les épreuves ne manquent pas avant d'atteindre le but. Nous étions sur la route des épices et de l'encens, vieille de 3 000 ans. Un commerce qui se réalisait sur la mer Rouge entre les royaumes du Sud et la grande civilisation du Nord au moment de l'Égypte pharaonique. Avec un ami ethnologue, nous avons effectué 34 stations et récolté 850 plantes, dont l'Euphorbe, très rare, utilisée par Hippocrate, il y a 2 500 ans, pour ses vertus purgatives. Certaines plantes sont peu accueillantes. Elles piquent, émettent des signaux olfactifs plutôt nauséabonds afin de renseigner les agents pollinisateurs. J'en ai trouvé dans le creux d'un volcan où fut pratiquée une religion très ancienne, le zoroastrisme, dont l'un des rites consistait à déposer les morts sur une dalle à ciel ouvert. C'était le festin des corbeaux.

Pour trouver le « Boswelia Sacra », nous avons « enquêté » auprès de la population, une centaine d'habitants d'un village retranché du temps, de la civilisation et peuplé de nomades, d'agriculteurs et de pasteurs. Ce fut un bonheur de rester quelques jours dans ce lieu originel. Cet arbre disparaît car les chèvres s'en nourrissent et l'agriculture en terrasses entre 1 000 et 3 000 mètres d'altitude contribue à détruire la flore. La myrrhe, « le Commiflora », se raréfie aussi. Ce parfum très anciennement connu dans le rite hébreu était mêlé aux huiles saintes. La myrrhe est encore utilisée dans les cérémonies de mariage ou à l'occasion de grandes fêtes religieuses. Les femmes s'en parfument le corps. Restent les cultures de café et de qat. Cette plante mâchonnée par les Yéménites leur procure du bien-être, une certaine euphorie et de la vivacité. De même, le « Boswelia Sacra » donne une résine à brûler que l'on peut mastiquer. Son rôle est purificateur. Il invite à la contemplation, éveille les sens. Il est le parfum de toutes les religions. Il existe aussi un encens, le luba sirhi, dont la résine brûlée dégage une odeur nauséabonde destinée à éloigner les Djinns, c'est-à-dire les mauvais esprits et les envieux.

Le premier herbier du Yémen fut réalisé au XVIIIe siècle lorsque les corsaires malouins y commencèrent leurs virées. Ces récoltes permettent de mieux comprendre l'histoire d'un pays, d'une culture. Grâce aux migrations des plantes, souvent liées aux changements climatiques, nous sommes en mesure de réaliser des études comparatives sur l'évolution de la flore, les capacités d'adaptation des plantes, et constater aussi l'effet des abus de l'homme. Ces plantes, ces arbres, deviendront mythiques. Les caravanes acheminaient l'encens et les épices vers l'Égypte, la Grèce, Rome. À présent l'encens industriel, en bâtonnet, a pris le relais. Il est facile à produire et rémunérateur. Ici l'homme perd un patrimoine végétal.

Mes recherches scientifiques sont doublées d'une quête religieuse, d'une exploration intérieure très forte qui s'accomplit d'elle-même, sans le secours d'une méthode. L'immersion dans le désert approfondit l'être, le délie de toute responsabilité, l'affranchit des choses accessoires. Ce lieu contient en lui-même une nourriture mentale, car avec un peu d'aliments j'y fais des trajets importants en me portant bien. C'est le *hic et nunc*, l'Ici et Maintenant où nous trouvons dérisoire et sans sagesse d'avoir compliqué notre existence, accumulé tant de fatras, d'inutilités. Les peuples du désert, qu'ils soient nomades ou sédentaires, me donnent toujours des leçons de par leurs dons d'émerveillement, d'imagination, de volonté et d'adaptation. Leur force, leur capacité de ressurgir, je leur donnerai le symbole d'une plante, l'achaba, qui, malgré une longue période d'aridité, renaît sous l'effet d'une légère pluie et recouvre le sol, fait des fleurs, des fruits. Rien n'est achevé au désert, la dynamique d'espoir est sous-jacente. Des familles et des maisons se construisent. C'est à la fois les racines et l'ailleurs. Le goût de la pérennité et la liberté intérieure toujours présente qui animent têtes et jambes. Dans cette nudité, le moindre signe de vie apparaît en exergue. En outre, cette vie aride ne va pas du point A au point Z, de la vie au trépas. Tout se relie, comme l'enseigne le fossile jurassique d'Allemagne, un oiseau pourvu de dents et d'une longue queue. C'est la preuve de la parenté entre les oiseaux et les reptiles. Les mutations, les adaptations, les mixages de l'espèce animale nous permettent de penser que la disparition de l'*Homo sapiens* sur le globe verra l'apparition d'une race supérieure animale — laquelle ? Telle est la grande question ! À partir d'un iota, d'une parcelle de matière commence l'évolution ; mais les passages entre un groupe et un autre restent mystérieux, pleins de points de suspension qu'il nous faut relier. Tout se tient, de la fleur à l'étoile. L'homme moderne devrait se souvenir que le primate est son cousin. Que la planète n'est pas un bilboquet. Finissons-en avec la leçon de ténèbres et retrouvons le credo de la réconciliation et d'une humilité bénéfique. L'homme n'est pas « le Roi de la Création ».

Il suffirait de solitude, de silence. L'abbé Rancé disait : « Je ne suis plus que du silence. » Le bruit des pas sur le sable, quelle musique ! Et la marche, où le corps se dégage dans une rythmique de métronome !

Être né au début du siècle a fait de moi une sorte de porte-mémoire. Le désert me retire du temps, de l'histoire, que je retrouve chaque fois aux portes de la ville. Une ville où il faut militer, interpeller les pouvoirs en place, afin que le citadin redevienne un être à part entière. Ni un technocrate ni un robot. Cet homme empêtré par ses propres créations est en quête d'adaptation. Mais ni le temps ni le cosmos ne font partie des recettes de la résurgence. L'homme épuise l'un et l'autre.

Ma foi ne s'est pas mieux révélée au désert que parmi les hommes. Il n'y a pas d'un côté le désert, de l'autre, les hommes. Mais une unité, quel que soit le lieu où elle se passe ou se déroule. Une harmonie linéaire s'épanchant dans un endroit ou un autre. Les convictions profondes ne doivent pas dépendre du cadre. C'est une sensation qui se passe de mots, d'étiquettes. On peut méditer dans le métro et y trouver son lieu d'origine.

Au désert, l'heure du thé est un moment de repos, mais aussi une cérémonie. Il faut trouver le bois, rarissime. Préparer le feu. Le premier thé est amer comme la vie. Pour ma part, je n'ai pas trouvé la vie amère, car j'ai été doté de grands privilèges. La vie a aiguisé ma curiosité, mon goût de la recherche. Mon étonnement est insatiable. Le deuxième thé est fort comme l'amour, le troisième suave comme la mort. Un mot que je n'emploie guère, lui préférant l'Ailleurs, l'Autre Rive. Ce Grand Mystère est-il suave ? Comme le breuvage lui-même très sucré. Le sucre est la seule gourmandise que je m'autorise. Il me rappelle l'enfance, lorsque toutes les épiceries vendaient des pains de sucre que l'on cassait, notamment au moment des confitures. Les gamins entamaient alors ce pain afin d'en recueillir les éclats. Oui, l'heure du thé est un grand moment silencieux, convivial, centré vers l'essentiel. Ensuite, je récite en grec, dans la version de Matthieu, « Les Béatitudes » qui sont pour moi le centre du christianisme : « Heureux ceux qui ont l'esprit de pauvreté car le royaume des cieux est à eux. » Si c'est un vendredi, jour sacré pour les Musulmans, je commémore, sous forme d'un jeûne sec, la mort du Seigneur. Un jeûne aisé en France, mais au Soudan, en été, la journée semble longue. Ce jeûne du vendredi figure dans la règle du « Tiers Ordre des Veilleurs » fondée par mon père en 1922. Un Ordre dont l'objectif est d'aider les protestants à mieux organiser leur vie intérieure et religieuse.

Le Sahara central est maintenant touché par le tourisme. Tamanrasset compte une centaine d'agences de voyages. Il faudrait éduquer non seulement les touristes mais les agences qui mènent leurs clients près des gisements préhistoriques. Le touriste est un prédateur animé d'une frénésie d'appropriation sauvage. Prendre un petit coquillage parmi 20 000 millions, qu'importe ! À certains endroits, il existe des fossiles, des morceaux de verre en quantité limitée. Les touristes, de plus, gravent des graffitis sur des peintures rupestres et jettent leurs déchets. À tel point que depuis Gadès jusqu'au Niger, un camion les ramasse tous les mois le long des pistes, notamment celles du Tassili du Hoggar, très fréquentées. C'est un lieu magnifique avec des collines, des falaises, semblables à des forteresses en ruine. La dizaine de lycéens que j'ai guidés dans l'Adrar de Mauritanie, sous l'égide de la « Fondation Ushuai », ont réagi avec curiosité et respect comme devraient le faire les touristes. Ces jeunes ne se baladaient pas. Ils ont beaucoup appris, notamment à se faire le cuir du postérieur sur un chameau. Ils ont découvert que le désert montrait son apparence circulaire comme la mer. Ils ont vu un cratère, impact d'une petite météorite de 250 mètres de diamètre, vieille de 30 000 ans, époque des préhominiens, ce qui est un iota au point de vue géologique ; une guelta permanente abritant méduses et poissons d'eau douce. Celle-ci n'a donc jamais séché depuis la fin du réseau hydrographique d'un affluent du Sénégal qui s'est consumé ; cette eau en reste le témoin. Des jeunes découvrant le globe dans son état virginal, voilà qui peut éveiller des vocations, leur permettre de s'affranchir, je l'espère, du gavage et lavage de cerveau vidéo-technique qui risque d'en faire, d'une certaine façon, des mutants. À eux de se créer des rêves palpables et non informatisés, en retrouvant la partie ancestrale d'eux-mêmes.

Il nous faut instaurer un plan de travail scientifique au Sahara, cet immense laboratoire naturel. D'une part à cause de cette « mode », d'autre part pour que les cher-

cheurs échappent à la fantaisie des initiatives indivi-
duelles. Nous devons créer un Désert Survey sur ces
deux millions de kilomètres carrés. Le Sahara est une
matière inépuisable pour les scientifiques. L'exploration de l'étendue a été réalisée en superficie. Il reste à
faire des travaux de détail, des chantiers de fouilles plus
précis. La découverte générale est en partie accomplie,
mais non celle parcellaire, intérieure — car les entrailles
du désert nous offriront beaucoup de révélations. Pour
un savant rien n'est achevé. J'ai l'impression de vivre
dans un temps proche de l'infini, de me plonger dans
une unité profonde dont beaucoup n'ont pas conscience.
Est-ce dû à mon âge ? À vingt ans, une année semble
lente ; à quatre-vingt-dix ans et plus elle s'abrège
comme un trimestre, voire se dissout dans l'ailleurs.

Tout à l'heure, je me rendrai au Muséum. Je vois le
parcours de ma vie dans ces milliers de récoltes végétales, animales, minérales. Dans ces milliers de livres,
d'études, de rapports, de catalogues floricoles. Certains
de mes livres comptent beaucoup pour moi : *La Flore
des îles Salvage de Madère, Les Poissons perroquets*,
ces poissons brouteurs de coraux dont l'anatomie
bucco-pharingienne a longtemps posé un problème aux
zoologistes ; celui sur la flore et la végétation du Tibesti
— où je fus mobilisé comme méhariste pendant la
guerre. Les travaux géologiques sur le Hoggar où sont
les témoins de ce fameux continent intercalaire vers
l'ouest. Une série d'affleurements, de prolongations
vers le nord-est. Du grès à structures transverses conti-
nues. Les dunes reposent essentiellement sur des dépôts
lacustres. Je crois de plus en plus, d'après la quantité de
sédiments lacustres ou palustres découverts, que cette

immense zone fut autrefois, comme le Ténéré, un lac ou un marais. Au Moyen Âge, des hommes y passaient encore, ainsi que des addax, des antilopes. L'accès en est désormais difficile. Mais dans un bon pâturage, bien juteux, les chamelles peuvent rester deux ou trois mois sans éprouver la nécessité de boire, et leur lait nourrit les bergers qui sont des hommes particulièrement solides.

L'ouvrage *Le Fer de Dieu* relate ma recherche de la comète de Chinguetti, durant un demi-siècle, de façon intermittente. De toutes les hypothèses, la plus acceptable, c'est la méprise du lieutenant Rippert quant au lieu. Il avait découvert une petite météorite parfaitement authentique baptisée « le petit bloc » qui se trouve au Muséum, et avait déclaré que cette parcelle provenait d'une météorite de 40 mètres de haut et 100 mètres de large. Cette masse existe bien. Je l'ai retrouvée après dix heures de marche, mais c'est du grès et non du métal.

Cependant, rien n'est inutile, chaque voyage perfectionne comme chaque tourment. Toute recherche est une enquête. La météorite géante sera-t-elle découverte un jour ? La science est une leçon de temps, un temps qui s'efface ou bien que nous résumons par grandes stratifications millénaires.

Récemment, au Maroc, des paléontologues ont découvert des fossiles vieux de 93 millions d'années qui pourraient permettre de déterminer le « chaînon manquant » dans l'évolution des dinosaures. Ces fossiles ont été retrouvés dans la région de Kem Kem, en bordure du Sahara, par des chercheurs de l'université de Chicago. Selon eux, ils représentent les premières traces d'une nouvelle espèce de carnivores plus imposants que le célèbre *Tyrannosaurus rex*. Ce nouveau personnage porte un nom impressionnant, le *Carcharodontosaurus saharicus*. Il mesure 15 mètres du nez à la queue, pèse 8 tonnes et possède des dents de 12,5 centimètres de long. Les premières observations montrent que cet animal possède des traits similaires à ceux de l'*Acrocanthosaurus* qui a proliféré en Amérique du Nord. Ceci indique que l'évolution des espèces sur les différents continents aurait pu être plus uniforme, contrairement au dire des paléontologues. Encore un point de suspension relié. Rien n'est clos, hormis le langage entre les êtres. Celui-ci se referme sans cesse sur les mêmes querelles ou les mêmes questions. Mais la preuve en est, des points d'interrogation se dessinent. Et l'introuvable un jour se révélera. Rien n'est fixe et surtout pas une Idée, c'est pourquoi la science purement mathématique m'apparaît irréelle et morte sans une transcendance, une métaphysique, un Devenir que nous devons forger chaque jour. Privé de ce ressort des hommes, de cette dynamique, notre monde n'a en soi aucune consistance. Chaque homme est un maillon. Il donne une forme à l'existence, à son existence, enfin il devrait le faire. Sinon il demeurera une graine destinée à pourrir en terre, faute d'avoir engendré son développement. Et à ce titre, nous sommes tous responsables, tous obligés de nous dérouler en actes. Il n'y a pas d'êtres inférieurs, il n'y a que des êtres qui ne veulent pas se hausser vers le supérieur, développer l'ascension enroulée en eux-mêmes. Pourquoi ? Par manque d'intelligence ! Le mot contient en lui-même celui de Lumière. Nous avons le pouvoir de regarder en transparence. Nous perdons beaucoup de notre énergie sur les chemins de traverse et les routes sans issue. C'est pourquoi l'homme doit s'ex-

81

traire de cette torpeur au risque de la défaite ; creuser, creuser sans cesse pour trouver la sortie de secours.

La poignée d'hommes qui a déjà réalisé cela doit s'accroître. Ces êtres, je les compare à une pierre qui, jetée dans l'eau, favoriserait l'élargissement d'un grand cercle. Et ceci pour nous former, être en devenir, animer le ressort psychique qui nous mène à la fois vers l'En Avant et l'En Haut. L'être humain n'est pas un îlot de chair né simplement pour satisfaire ses petits désirs. Il doit se rappeler qu'il fait partie d'un Tout, cosmique, social, humain ; que rien n'est achevé, ni l'homme ni la Terre. Des continents peuvent disparaître comme émerger. L'être participe des préoccupations planétaires et universelles. La simple chute d'une goutte de pluie sur une feuille opère un changement. La bioéthique signifie que la chair, dans un domaine médical, est maintenant reliée à l'âme. L'homme ne doit pas être un plasma mais une action, un acte qui prend forme chaque jour. Au désert, ce que je viens d'énoncer sont des évidences. Le concret et le sacré sont mêlés de manière naturelle. Nous ne prenons pas de postures « de yogi ». Nous ne récitons pas de formules alchimiques. Il existe d'instinct un exorcisme de l'inutile. L'involution et l'évolution créatrice de l'esprit manifestent une manière authentique de vivre pleinement. L'ennui est un rongeur, une plaie pour l'homme. Par cette plaie s'infiltrent toutes les nuisances et non les grâces. Mais ne faut-il pas connaître la fange pour atteindre les cimes, la Lumière ? Saint Thomas d'Aquin, Charles de Foucauld, Paul Claudel et bien d'autres l'ont souvent répété. Il est certain que les mots, le Verbe restent des coquilles vides sans la marque de l'expérience, qui peut être blessure avant la Grâce.

Je vais retourner prochainement dans le désert libyque, vers ce que j'appelle « les âpres solitudes bénies ». Lorsque je quitte le désert c'est toujours avec douleur. Redevenir européen, citadin marque pour moi un arrêt difficile. J'ai l'impression de quitter un navire. Surtout après les traversées au long cours de 800 kilomètres à chameau ou à pied. Durant ma jeunesse, cette séparation d'avec le désert s'avéra vraiment très difficile. La jeunesse est pleine de sève. La paix du soir l'habite difficilement. La sagesse est souvent une action vers la guérison.

Le désert nous réapprend les gestes naturellement rituels, inscrits, voire dirigés par le cosmos. Un homme soumis à la modernité et au béton est démuni dans un tel monde, s'il ne se régénère pas aux deux niveaux essentiels qui le structurent verticalement et horizontalement : la Terre et le ciel. Le citadin n'est plus le fils de ces deux éléments nourriciers. Cette éternelle division entre Matière et Esprit doit cesser, comme cette idée trop répandue que le scientifique est le premier adepte de cette césure. La Matière est animée par l'Esprit. La montée de la vie et celle de l'esprit sont liées. Certains individus sont porteurs d'espoir. Quelques consciences sont capables de résister à la tradition guerrière. Une poignée de résistants ne se laissent pas domestiquer par la mise en condition générale. Les contestataires, même s'ils sont une goutte d'eau dans la mer, touchent les gens, ouvrent des esprits. Il est bon de réveiller un peu nos contemporains. Car, spontanément, ces derniers ne sont malheureusement pas près du réveil. Il faut interpeller ceux qui ne sont pas les décideurs. L'aventure humaine ne doit pas échouer. Pensons aux propriétés rédemptrices de l'évolution. L'homme n'est pas linéaire, mais tout en déploiement, en ramifications. C'est un arbre.

Le désert permet d'échapper à certaines forces centrifuges néfastes notamment concentrées dans les villes. L'homme est fatigué des idéologies creuses. On pressent, ici et là, une faim de spiritualité, qui permet d'ailleurs aux sectes de faire leur proie des êtres faibles. L'Église catholique n'a pas saisi à temps cette quête spirituelle. Les princes du clergé, au lieu de continuer leur théâtralité dorée, auraient dû s'orienter vers le chemin de saint François d'Assise, du Christ en actes.

RÉSISTER

Chaque année, je participe à une manifestation silencieuse, dite d'interpellation, devant le poste atomique de Taverny. Du 6 au 9 août, je jeûne pendant quatre jours pour commémorer les morts d'Hiroshima et de Nagasaki. Pour moi, 1996 est l'an 51 de l'ère nucléaire. Nous sommes une poignée de gens, dont les membres du collectif « Stop Essais » et de la « Maison de Vigilance ». En silence, nous faisons notre station devant le PC atomique. Nous sommes des hommes et des femmes-sandwiches, porteurs de pancartes réclamant la paix. Ni haut-parleurs ni poings levés, seulement une qualité religieuse de recueillement. La soie contre le fer. Ici l'homme divisé apparaît mieux. D'un côté, le mur fragile des pacifistes à la douleur sourde ; de l'autre côté, des gens indifférents qui se rendent à leur travail. Lorsque les pacifistes passent dans la ville, quelques moqueries et sarcasmes sont proférés, notamment sur le seuil des cafés — l'alcool stimule l'être obscur. Ailleurs, l'indifférence, la curiosité, les questions : « Combien sont-ils ? Il y a la télé japonaise cette année... Enfin, c'est comme d'habitude... » Outre les regards fuyants, mépri-

sants, on découvre les regards inquiets, honteux, inter-
rogateurs, laissant deviner : « Et s'ils avaient raison ?
Mais je n'ai pas le courage de les accompagner. » Tout
cela par crainte de déplaire au maire, aux voisins, aux
parents ; ça ne fait pas bien. Ce qui « ne fait pas bien »
finit par faire du mal.

Ces manifestations irritent, dérangent, réveillent
quand même, ne fût-ce que quelques secondes, la
conscience. Ils montrent que l'histoire n'a pas d'imagination ; elle se répète « au nom du Père le Crime et du
Fils le Pouvoir, et du Saint-Esprit l'Argent ». Tout est
mis en place pour recommencer « le jamais plus ».
Seuls les mots changent, mais les grands thèmes obscurs
demeurent.

En regardant passer les hommes en bleu, je rêve d'un
temps de la réconciliation entre les êtres humains et les
animaux. Faire la paix. L'homme est encore englué
dans la barbarie. La bombe atomique est une manifestation de la folie humaine. Mais je ne me fais pas d'illusions, notre action ne fera pas diminuer le budget de ces
« crocodiles ». Lorsque je dois décliner mon identité
aux policiers, je me présente ainsi : « Professeur Monod
de l'Académie des sciences, je persiste et signe et suis
fier d'être ici. » Notre groupe retourne ensuite se reposer dans la salle des fêtes, avec ses spots, sa boule noire.
C'est la salle de la représentation des rires et du strass ;
de la fausse joie, de la fièvre des samedis soir. Les mili-
tants couchent sur la scène, comme pour rendre dérisoire la théâtralité des hommes tout en armes, en
dorures, en mentons mussoliniens qu'ils ont vus défiler
devant eux avec leur sourire en coin, leur indifférence et

parfois cette petite phrase : « Ah ! Ils sont là, comme d'habitude. » L'habitude, quel triste mot !

Notre dîner sera frugal, arrosé de quelques verres d'eau. Nous nous rassemblons ensuite en cercle dans la salle de danse. Chacun énonce ses pensées du jour. Je regrette, quant à moi, que la marche silencieuse n'ait pas été entrecoupée par des chants religieux, tel « We shall over come ». C'est très beau, facile à apprendre. En montant vers le poste atomique du mont Verdun, à côté de Lyon, nous chantions ce chant d'espoir. Mais les Français n'ont pas le don spontané du chant alors que nos amis allemands s'expriment ainsi naturellement, *a cappella*, en polyphonie. C'est un témoignage dont nous avons tort de nous priver. Le chant ouvre le cœur. En France, ce n'est pas non plus la coutume de faire de la musique dans les cimetières. Ce fut le cas, en 1980, pour l'inhumation de ma femme. Nous avions apporté un magnétophone qui diffusa le *Requiem* de Fauré, que je vénère car il exprime les plus belles envolées de l'âme. C'était à Châtillon-sous-Bagneux, près de la tombe de mes parents, de l'un de mes frères. Un caveau qui sera un jour le mien...

Le soir, il y a ceux qui prient, lisent, écrivent, préparent une lettre à Monsieur le président de la République ou des tracts, des courriers pour les amis-jeûneurs solidaires de par le monde. J'ai souvent écrit au président de la République pour demander une « Fête nationale » sans militaires, une « Marseillaise » nettoyée de ses expressions sanguinolentes ou l'arrêt des essais nucléaires. Par courtoisie, il m'a toujours été accusé réception du courrier. Des paroles en l'air, de l'eau bénite de cour. Ils sont tellement contents d'appeler à verser le sang, d'abreuver les sillons. Il existerait donc des sangs impurs ! J'ai un livre recueillant 150 hymnes nationaux. Sur l'ensemble, une dizaine sont guerriers, dont « La Marseillaise ». Gardons la musique, qui n'est d'ailleurs pas terrible, mais changeons les paroles. Je refuse de chanter cet hymne. D'autant plus que les bons modèles ne manquent pas. Nous avons l'embarras du choix. Lamartine, par exemple, avait écrit une « Marseillaise » pacifique.

Arracher l'homme à son amour maudit de la guerre, tel est mon objectif. Je n'en démordrai pas.

L'essentiel est de montrer que tous les hommes n'étaient pas d'accord. C'est indispensable pour l'honneur de l'être humain. Lorsqu'un être a des convictions, il a le devoir de les exprimer sans trop se soucier de l'opinion courante. Les hommes au service de la violence menacent notre avenir. La nature n'est pas une proie à saccager, abîmer et piller dans un but lucratif. Hélas, l'argent mène le monde. Ce jeûne annuel est nécessaire car devant un problème aussi grave, il faut agir, même si peu que ce soit. J'ajoute toujours que je le fais « sans illusions » et que « le peu que l'on peut faire, nous devons le faire ». Ce ne sont pas vingt pacifistes français qui vont impressionner ceux qui dictent les lois et asservissent notre avenir. Mais nous le faisons tous par fidélité à une conviction, à un idéal. Si nous croyons en quelque chose, nous avons le devoir d'exprimer nos certitudes comme nous le pouvons ; qu'elles soient spirituelles, religieuses, sociales ou humanitaires. C'est une forme de résistance tout comme une façon de se fortifier soi-même dans ses convictions. Si nous réussissons à toucher une conscience sous une forme ou sous une autre, notre combat n'aura pas été totalement vain.

Notre objectif est de convaincre les hommes qu'il faut renoncer à la violence et à la guerre. Nous n'espérons pas pour autant les inciter du jour au lendemain à adopter l'idéal des Béatitudes. On sème presque au hasard, peut-être qu'un jour un grain germera. Un grain individuel bien sûr. Les États resteront ce qu'ils sont. Le mot désarmement circule entre les chefs des gouvernements, tout simplement parce que l'humanisme est à la mode et permet aux politiciens de glaner des voix. L'espoir est pourtant dans la direction du pacifisme.

Le drame d'Hiroshima et de Nagasaki a mis fin à l'ère chrétienne. Si une guerre atomique venait à se déchaîner aujourd'hui, ce serait mille fois Hiroshima. Preuve, si besoin en était, que nous avons fait beaucoup de « progrès » !

Certains disent que la bombe atomique était le seul moyen de mettre fin à la guerre. On oublie l'enchaînement des souffrances génétiques lorsque l'on compare Nagasaki et Hiroshima avec les deux bombardements de Dresde. En effet, au lendemain des raids anglais sur la ville allemande, il y avait des morts, des blessés, mais tout était achevé. Il n'en va pas de même dans les villes japonaises où les conséquences physiologiques et génétiques des bombardements ne sont pas terminées. Attaquer une population dans son avenir génétique, quelle grande première ! J'ai rencontré l'aumônier américain, le père Georges Zabelka, qui avait osé bénir l'équipage qui a détruit Hiroshima. Il aurait agi sur ordre, sans réfléchir. Depuis, il s'était repenti. C'était au Larzac, il était en route, à pied, pour un pèlerinage à Bethléem. Maintenant, il est sur l'Autre Rive où il a, peut-être, trouvé le repos.

Les brillants chercheurs et les militaires oublient trop « la clause de conscience ». Un soldat peut l'invoquer et refuser de commettre un acte aux conséquences dramatiques pour l'humanité. J'ai eu une conversation avec un ingénieur aéronautique auquel on avait demandé de transformer un avion civil en avion militaire. Il a refusé et gagné son procès. C'est un acte isolé, mais un bel acte de courage. Les actes isolés sont les pièces d'un puzzle. Peu à peu, un dessin à visage humain apparaît.

Au lendemain du lâcher des bombes américaines, des phrases terribles ont été prononcées par des militaires heureux. Selon le président Harry Truman, la bombe atomique avait réalisé « l'équilibre de la terreur », ou, pis encore, « la quintessence des forces premières de l'univers ». Il y eut aussi cette addition : puissance + destruction = bienfait pour l'humanité. Et la pire de ces formules : « Nous remercions Dieu de nous avoir confié cette force. »

L'énergie nucléaire est une considérable imprudence où la France s'est lancée à corps perdu. D'autres pays, plus avisés, ont fait marche arrière : la Suisse, l'Allemagne, la Suède, les États-Unis. Le nucléaire, tout comme la robotique, participe de notre temps. Comment se passer des robots qui, dans certaines entreprises, remplacent dix hommes ? Cela semble insoluble. La seule sortie de secours serait un retour à l'artisanat. C'est-à-dire aller à contre-courant de l'évolution technocratique, ce qui n'est pas rentable évidemment mais remettrait l'homme sur pied. Or, il suffit d'énoncer cette idée pour que les technocrates emploient leurs expressions favorites ; être compétitifs, rapides, s'adapter. Nous avons atteint dans ce domaine un point culminant. Évitons de le rendre irréversible. Il faudra de l'énergie aux êtres flottant dans le temps libre pour ne pas sombrer dans les pièges du désœuvrement. Et si parmi eux se trouvent des résistants, que d'astuces ils devront déployer pour occuper leur disponibilité et garder leurs forces spirituelles ! De ces désœuvrés naîtront peut-être des artisans. Des adeptes de la vie en autarcie s'exileront vers les campagnes où ils sauront, à défaut de vivre riches, se « débrouiller ». Mais d'autres richesses les élèveront vers la liberté.

Je pense à ce village montagnard où vivent des sans-travail et sans-domicile fixe. Ces exclus ont rétabli le système du troc. Ils ont commencé par faire un potager. Ils se sont entraidés, ont échangé leurs savoirs. L'un coupe les cheveux de son voisin et ce dernier le paye en salades ; l'un bêche, l'autre le rémunère en restaurant sa maison. L'une va faucher les herbes qui serviront à nourrir les lapins de sa voisine trop âgée pour ce genre d'activité. Un temps conçu par des poètes, des penseurs, des vigilants, des chercheurs. Cependant, ils ne sont qu'une poignée pour bouger la montagne, et celle-ci aura toujours la forme d'une pyramide. Mais le temps de ce peuple idéal peut venir. Commençons par nous passer du nucléaire civil. Je partage l'avis de Solange Fernex, chef historique des mouvements antinucléaires, elle fut députée des Verts au Parlement européen, et nous honore de sa présence, chaque été, au jeûne de Taverny. Les sources d'énergies alternatives sont exploitables. La France détient le tiers du gisement éolien d'Europe grâce aux côtes de l'Hexagone avec des vents dominants réguliers. Nous pourrions installer des parcs d'éoliennes bien dimensionnés qui résisteraient aux tempêtes. L'énergie solaire fait partie de ce programme avec celui de la conversion des industries de l'armement. La technologie fut si présente durant la guerre du Golfe que l'on parla de « guerre propre ». De telles théories nous mènent à l'abîme et à l'autodestruction. Les jeunes doivent rapidement prendre le relais. Hélas, je constate qu'ils se laissent volontiers intoxiquer par la propagande de l'État. J'espère d'eux une révolte intérieure tout au moins. Individuellement, tout est possible. En groupe, c'est différent. Le groupe peut se laisser dominer, manipuler, une vague ou une autre l'emporte. Toute réflexion est annihilée par l'hystérie collective. Le groupe, c'est la fusion de multiples identités qui n'en deviennent qu'une, et cette Identité peut aller vers le Bien comme le Mal, selon l'idéologie qui la dirige ou la manipule.

La révolte des doux, voilà ce qui dérangerait l'ordre établi. Idéaliser la pauvreté en tant que telle, se retirer de « la logique de guerre », de « la logique de consommation » serait courageux. Il nous faudrait des escadrons de saint François d'Assise, lequel a prêché le renoncement aux biens matériels et au pouvoir. Le Poverello a beaucoup dérangé les puissants seigneurs et les autorités ecclésiastiques. Les palais du clergé demeurent. Disons qu'ils font partie du patrimoine architectural. Les papes ne portent heureusement plus la tiare, grâce à Jean XXIII, qui trouva l'objet trop lourd et demanda sa mise au musée, tout comme la sedia, ce siège royal, porté à dos d'hommes. L'Empire de Constantin commence enfin à s'effriter. De telles pratiques aristocratiques n'ont fait que renforcer l'anticléricalisme, détourner les gens de la foi. Mais nous sommes loin du retour à l'épure évangélique. La mitre ni les dorures n'ont disparu. À quand un pape habillé en moine ? L'Église romaine est une telle machine qu'en retirer un boulon ferait s'écrouler tout l'ensemble. Déçus, beaucoup d'anciens croyants catholiques cèdent au syncrétisme. Cette fusion de traditions très différentes, dont l'originalité et la force résident dans leur exigence séparée depuis longtemps. Il faut, en revanche, que les traditions se respectent les unes les autres et cessent de se combattre. C'est pourquoi mon blason montre que les grandes traditions religieuses, si différentes soient-elles, ont une racine commune, plongent dans une même eau primordiale.

C'est à l'homme de refaire sa cathédrale, son pilier central dont la clef de voûte est la religion, la spiritualité, cette dernière étant d'essence plus cosmique, plus détachée des écrits. André Malraux affirmait que le XXIᵉ siècle serait spirituel ou ne serait pas. Mon but « utopique » voit l'homme se diriger vers la transcendance, l'humilité, la lucidité. Ce serait un pas en avant pour concrétiser la profession d'Isaïe et voir surgir « la Montagne où ne se fera ni tort ni dommage ; où l'on n'apprendra plus la guerre ; où l'on transformera les armes en instruments oratoires, où le lion habitera avec le chevreau ». Quelle perspective ! Quelle espérance ! Avec le Soleil de l'Esprit au-dessus. Mais les temps messianiques tardent. Je lance souvent cette devinette humoristique : « Quelle différence y a-t-il entre le plombier et le Messie ? » Personne ne trouve la réponse : « Le Messie arrive, le plombier jamais. » Certains sont parfois choqués de me voir mêler religion et humour. Pourquoi ne pas les rassembler ? La religion doit s'accorder à la jovialité, à l'espoir et ne pas représenter la croix, les clous, le fiel, mais aussi les chants d'espérance et de grande plénitude.

J'ai ouvert cette longue parenthèse sur la religion car tout s'accorde. Plutôt que de renforcer sa puissance spirituelle, l'homme moderne développe la production d'énergie nucléaire si abondante qu'il en exporte à l'étranger. Le peuple n'intervient jamais dans ces questions importantes tranchées en haut lieu. Du granit, il en existe pourtant en France, mais les politiques et les militaires préfèrent un territoire colonial où la population n'a pas droit au chapitre. Les essais, sous la présidence de Mitterrand, furent interrompus en 1992 et scellés par un moratoire. La reprise des essais par Chirac souleva une désapprobation mondiale. Les peuples ont enfin réagi. Ils sont sortis de leur habituelle apathie. L'essentiel est d'obtenir un traité interdisant définitivement les essais nucléaires. Une telle attitude cautionne des pays peu recommandables. Cette reprise d'essais fut une grave erreur stratégique, une atteinte au fonctionnement normal de la démocratie. La décision d'un seul homme, chef des Armées. Ainsi qu'une offense aux victimes civiles mortes dans le Pacifique à la suite des précédentes campagnes. Faute d'autant plus marquante qu'elle coïncidait avec la commémoration des bombardements d'Hiroshima et Nagasaki.

Les actions des pacifistes sont très diverses. Certaines font sourire les cyniques qui ne sont pas tous dans les gouvernements. Beaucoup parcourent les rues, ou vont à leur bureau sans état d'âme. Avec « Les Amis de la Terre », lors de la reprise des essais nucléaires, je suis allé porter une lettre de protestation au président de la République. L'enveloppe contenait un grain de riz. Ce grain représentait un très beau symbole de fraternité tiré d'un conte oriental. Un puissant vizir voulant récompenser son plus fidèle esclave lui demanda : « Que veux-tu ? » L'esclave lui répondit : « Je souhaiterais obtenir pour moi et ma famille du riz en quantité telle que sur un échiquier on dispose un grain sur la première case, puis deux sur la deuxième, quatre sur la troisième, et ainsi de suite. » Le vizir surpris par cette humble demande la fit exécuter sur-le-champ. Il n'y avait pas alors de calculette et il ne s'est pas rendu compte du chiffre astronomique de grains de riz que cela représentait. Quand il a compris, il a préféré accorder la liberté à l'esclave.

À partir de ce conte, « Les Amis de la Terre » ont développé une stratégie que j'ai appuyée. Cette association couvre cinquante-deux pays. Elle est à la base de toute l'écologie dans le monde. Greenpeace en est issue. La contestation démocratique sur la place publique est bénéfique. Surtout lorsque se réunissent au service d'une même idée des scientifiques, des politiques, des religieux. L'opposition s'est organisée. Près de l'Élysée se tenait la tribune du peuple. Chaque mercredi, les manifestants apportaient un grain de riz supplémentaire sur l'échiquier de la politique chiraquienne.

Des pays se sont ensuite mobilisés pour marquer leur opposition. En premier, les pays du Pacifique Sud, principalement l'Australie et la Nouvelle-Zélande. En Indonésie, Allemagne, Hollande, Suède, des manifestations furent organisées devant les consulats et les ambassades de France. Le boycott des produits français entraîna des réactions de la part des syndicats et des corporations. Cet effet boule de neige a dû étonner Chirac. À l'instar du vizir, il n'avait pas mesuré l'impact qu'aurait sa décision. Ce mouvement fut réellement celui des citoyens. Il ne s'agissait pas de l'expression d'un ressentiment antifrançais, comme certains médias l'ont affirmé, mais d'une réaction face à un système politique qui allait à l'encontre de l'homme universel, du nouvel homme.

Pour comble, la France abrite les plus grandes décharges nucléaires d'Europe. De quoi pourrir le tissu écologique. La justice a tranché. La capitale de ces déchets radioactifs sera située à Digueville, dans la Manche. Le chiffre est astronomique, près de 70 000 tonnes de déchets français sans compter ceux venant de l'étranger. Mais enfin, tout va pour le mieux puisque le réacteur à neutrons rapides, Superphénix, vient de renaître de ses cendres. Il serait capable de supprimer une partie des déchets nucléaires. Encore un mensonge. Superphénix est une centrale nucléaire de type très spécial, puisque 5 000 tonnes de sodium refroidissent 5 tonnes de plutonium. Pour détruire le plutonium, nouvelle vocation de Superphénix, il faudrait changer son cœur. C'est impossible avec l'installation actuelle. Une nouvelle installation doit être soumise à une enquête d'utilité publique. Il est tout à fait illégal de passer de l'installation existante à une nouvelle avec des objectifs différents, opposés même. L'information fut manipulée. Il faudrait quatre à cinq années de travaux pour changer le cœur de Superphénix. Et encore ! Faire digérer à cette machine, qui détient le record de pannes, 5 tonnes de plutonium, c'est beaucoup. Assez pour faire exploser le matériel ou fabriquer une bombe atomique. Autre grave danger : le liquide réfrigérant est du sodium liquide qui brûle à l'air, alors que les centrales classiques utilisent de l'eau. Même les États-Unis ont arrêté ce type d'installation. Superphénix devrait brûler entre 50 et 100 kilos de plutonium alors que la production des cinquante-six centrales nucléaires françaises est dix fois supérieure. Cette installation n'a même pas la capacité de brûler la production annuelle de la centrale de Fessenheim, forte de deux réacteurs de 900 mégawatts, produisant chacun 700 grammes de plutonium par jour. On peut craindre un autre Tchernobyl, n'importe où, n'importe quand. L'information a été faussée au point qu'on nous a dit que le nuage radioactif n'avait pas franchi le Rhin, alors qu'il s'est dilué, bien entendu, sur une partie de l'Hexagone.

J'imagine parfois ces Messieurs dans l'abri atomique de l'Élysée. En attendant la fin de la vie, ils consommeront caviar et champagne. Ensuite, ils ouvriront la porte, s'ils le peuvent, et ne verront qu'un paysage de verre et de mâchefer. Alors ils refermeront cette porte et retourneront au sixième sous-sol finir leur festin. Il n'existe que trois grands abris en France, ceux de Taverny, du mont Verdun et de l'Élysée.

La Hague est devenue la poubelle nucléaire de l'Europe, mais les informations télévisées nous rassurent. Tout va pour le mieux, d'après l'A.N.D.R.A. (l'Agence nationale de gestion des déchets radioactifs) qui a déterminé les lieux de stockage. Cet organisme est à la recherche d'un site éternel. C'est très difficile. Il faut toujours tenir compte des failles sismiques, du jeu des plaques tectoniques, du terrain qui passe du grès à l'argile sans transition. L'être humain a peut-être la mémoire courte mais pas la Terre. Les déchets radioactifs finiront dans des formations géologiques, soi-disant « stables ». Cela concerne des millions d'années car les déchets ont la vie longue. En outre, la Terre est en animation perpétuelle, en surface comme en sous-sol. Les bonnes gens à la mémoire courte et à l'égoïsme long dormiront en paix sur cette Terre-poubelle qui offre des garanties de solidité. Et qu'importe les fuites éventuelles des containers, le grand public a une notion limitée de l'avenir, 50 ou 100 ans lui semblent une immensité temporelle, mais pour le scientifique c'est un iota dans le sablier du Temps.

Je ne suis pas pessimiste, mais clairvoyant. Beaucoup me parent du qualificatif d'illuminé. Je les en remercie. Il est vrai que je suis ébloui, éclairé, rempli de lumière ; car je suis fasciné, émerveillé par la Vie, la Supervie. Le fait de découvrir, d'ouvrir les yeux chaque jour avec la fraîcheur d'un enfant me comble d'immensité et de lumière.

Heureusement, il y a ces résistants, cette poignée de veilleurs qui en éveillent d'autres. Le grain semé s'est multiplié. Ce sont des écologistes, des chercheurs-philosophes. Leur célébrité donne un écho plus large à ce mouvement de sauvegarde de la planète. Notre société préfère écouter les hommes « médiatisés ». Il est pourtant des obscurs, des sans-grade dont l'action est bouleversante et bénéfique, à tel point que les membres du gouvernement, nos ministres intègres, concoctent le plus souvent leurs mauvais choix durant la période estivale, celle où les gens se détachent des faits politiques, sociaux. C'est la preuve que les réactions de ces anonymes pèsent dans la balance.

Il m'arrive souvent de parler de spiritualité avant ou après un discours sur le nucléaire, car notre action à Taverny est empreinte d'un caractère religieux. C'est une retraite que l'on peut mener seul ou en groupe. Une année, nous nous sommes réunis dans une chapelle en présence du prêtre Jean Toulat, un vieux combattant pacifique, maintenant parti sur l'Autre Rive. Le jeûne, qui accompagne ces quatre jours, exprime notre solidarité avec les peuples souffrants. Il faut insister sur ce caractère religieux si l'on veut agir contre le nucléaire qui est, selon moi, l'une des manifestations de la folie humaine. Mais notre démarche ne changera pas la pensée des hommes du pouvoir. Ces derniers sont réélus parce qu'ils savent conditionner la population, abrutir les hommes, les noyer dans les futilités et les violences. Le citoyen oublie l'essentiel. Il ne se révolte donc pas contre les puissants du jour ; 500 ans pour eux, c'est l'éternité. L'homme devient impressionniste. Pour les scientifiques, c'est demain matin. L'écho des erreurs se prolonge longtemps. Nous sommes qualifiés d'idéalistes, d'utopistes. L'utopie ne signifie pas l'irréalisable, mais l'irréalisé. L'utopie d'hier peut devenir la réalité, la pratique de demain. C'est notre souhait. Il devrait être celui de tous.

Je me demande parfois si l'homme veut avoir un avenir. Il faut définir une ascension de l'homme, à condition que ce dernier accepte de renoncer à la violence, à la cruauté, devenues des traditions. Je ne dis plus la barbarie préhistorique mais la barbarie ancestrale depuis que j'ai découvert des rituels de réconciliation chez les singes. Alors deux questions m'animent. L'homme de la Genèse encore très proche des singes, des autres primates, de par son comportement, avait-il lui aussi des rituels de réconciliation ? Quels sont les phénomènes qui l'ont incliné vers le mal ?

Je fais partie de la race humaine et pourtant je dis : qu'importe si l'homme disparaît du globe. Il l'aura bien mérité ! Sa folie actuelle est telle, tant de stupidités et d'imprudence ! Il existera toujours des relais dans la nature. Dans l'évolution biologique, si une branche disparaît, elle est relayée par une autre. La nature et les animaux existaient avant nous sans avoir à supporter notre rapacité. Et l'évolution peut dessiner un cercle, lequel se refermera sur les origines neuves, c'est-à-dire préhistoriques.

Prenons enseignement des animaux. L'étude de la sociologie animale nous dit leurs vertus, leur savoir, leurs facultés d'adaptation, de compréhension, de sagesse. Ils nous donnent tellement de leçons. Et nous aident, nous sauvent. Tels les chiens guides d'aveugle, sauveteurs, détecteurs de drogue ; ou ceux dont la présence permet aux êtres blessés par la vie, ou à un âge avancé, de vivre et non de survivre. Les singes pratiquent des rituels de réconciliation entre eux à l'intérieur d'une même communauté. Ainsi ceux qui commettent des délits sont punis. Ils vont se cacher. Mais un membre de la communauté ne peut rester à l'écart, il doit revenir en son sein. Alors, par certains procédés, gestes, caresses, sons, le fautif est réintroduit dans le groupe. Ce principe est très remarquable.

La Déclaration universelle des droits de l'animal refuse l'animal-objet domestiqué, asservi, abêti par l'homme qui l'utilise pour ses jeux et ses « recherches ». Quelques-unes, évidemment, font avancer la science. Mais savoir, après divers examens sur l'espèce animale, que tels bâtons de rouge à lèvres, ou telles crèmes ne nuiront pas à l'épiderme des femmes, n'appelons pas cela de l'utilité mais de la fanfaronnade.

Il est dit que seuls les médicaments testés sur les animaux sont valables. Mais rien ne prouve que la physiologie d'un animal soit comparable à celle de l'homme. Des médicaments, qui ont eu des résultats concluants sur les animaux, se sont révélés catastrophiques pour l'homme. Cela dépend des sujets et, dans ce domaine-là, on ne peut jamais généraliser. À présent, la vivisection peut être évitée grâce aux cultures de tissus humains ou animaux, permettant des expériences parfaitement licites nommées méthodes substitutives ; ce procédé permettrait d'éviter le sacrifice de centaines de milliers d'animaux.

Le scandale de la « dog connection » a ouvert des procès où furent impliqués des professeurs et des vétérinaires. C'est encore une étape concrète dans la défense et la protection des animaux. Il faut démanteler ces réseaux d'animaux volés, généralement revendus à des laboratoires, facultés de médecine et autres. Le commerce est florissant. Tuer un animal ou le faire souffrir pour la religion du profit ne doit pas rester impuni comme ce fut le cas trop longtemps. L'article 7 de la Déclaration des droits de l'animal y veille : « Tout acte impliquant sans nécessité la mort d'un animal et toute décision conduisant à un tel acte constituent un crime. »

En tant que fils de pasteur, je trouve normal que les animaux accèdent aux lieux religieux. Un jour, j'ai prêché dans un temple protestant. Il s'agissait à la fois d'un sermon et d'une conférence sur le thème « nature et liberté ». À la fin du culte, nous avons dit une prière d'intercession destinée à différentes personnes. J'ai prié pour les animaux en ajoutant cette phrase : « Pour mes frères les animaux victimes trop souvent de la stupidité et de la cruauté des hommes. » Alors je me suis aperçu que, dans l'assistance, il y avait un gros chien blanc et je me suis adresséà lui directement. Il faudrait ouvrir les lieux de culte aux animaux et penser à eux dans nos prières. Ils font partie de notre vie. Ils sont nos frères, non pas inférieurs, je n'aime pas ce mot, mais différents. Les cruautés qui leur sont infligées à l'aube du XXIe siècle relèvent encore d'un instinct préhistorique, le vieux fond de barbarie que l'homme continue à véhiculer dans son sang.

Il ne s'agit pas non plus d'« humaniser » l'animal, et de le changer à notre image en reportant sur lui certaines de nos sensations, de nos émotions. Ce n'est pas une peluche. Il doit mener une existence conforme à sa biologie. Je n'envie pas le chien cloîtré dans un appartement et sortant une fois par jour. Je le préfère courant dans la forêt, dans les prés, au soleil ou sous la pluie.

Certains animaux sont si domestiqués qu'ils ne pourraient supporter une vie sauvage. À force de vivre à notre contact, ils ont perdu leurs attaches avec leur origine, leur famille animale. Ils sont totalement dépendants de nous à tous égards. Ce sont des animaux devenus artificiels soit pour notre profit, soit pour notre plaisir.

On va, une fois de plus, me rétorquer qu'il est « plus utile d'aider les êtres humains que les animaux ». C'est oublier que tout se tient. Il est aberrant de mettre l'homme d'un côté, les animaux de l'autre. Il faut donc propager cette notion de réconciliation. Les gens qui font cette objection stupide ne s'occupent en général ni des hommes ni des animaux. Il ne s'agit pas d'aider l'un ou l'autre, mais les deux. La vie est une. Et le chrétien devrait apprendre à dire aux animaux : « Nous ne voulons pas être sauvés sans vous. » L'Église a longtemps ignoré l'animal. Elle n'établissait pas de lien commun entre les humains, les bêtes, les arbres. Manifester de la sympathie pour nos frères animaux n'a jamais préoccupé les pères de l'Église qui considérait l'animal comme un compagnon utilitaire et de plaisir pour l'homme.

Le préambule de la Déclaration universelle des droits de l'animal précise que le respect des animaux par l'homme est inséparable du respect des hommes entre eux. Le fait que, aujourd'hui, les animaux maltraités soient défendus par des tribunaux qui infligent des peines sévères aux coupables est le fruit d'une lutte engagée depuis longtemps pour que l'animal soit doté enfin d'une personnalité juridique et de droits reconnus par la loi. Ce n'est plus « l'animal-machine », selon

Descartes. La défense et la sauvegarde des animaux nécessitent que leurs intérêts soient défendus des organismes gouvernementaux. Il faut apprendre aux enfants à respecter et comprendre les animaux. Quant aux adultes, qu'ils cessent d'en faire des bêtes de cirque, de jeu, d'abattage ou de laboratoire !

Je me bats aussi pour que la chasse soit prohibée. Notre société a gardé le goût des jeux du cirque « à l'ancienne » : corridas, chasse. Président du R.O.C. (Rassemblement des opposants à la chasse), je défends l'intégralité du monde vivant, le respect de la vie sous toutes ses formes. S'il en allait ainsi, le fil de notre existence se déroulerait d'une façon plus honorable, plus enrichissante. L'homme n'est pas une masse de chair définitivement organisée mais un ensemble de molécules en évolution, en mouvement perpétuel, à diriger vers la verticalité. Cette attraction vers la transcendance reçoit son coup de grâce de différentes façons lorsque les hommes se perdent dans les jeux du cirque. La chasse est un exutoire de la violence. Ses partisans disent toujours : « Il faut bien que violence se passe » ; « la chasse est naturelle. Elle contribue à l'équilibre biologique. » Ce sont des sornettes émises par des criminels virtuels. Ce qu'ils pratiquent sur l'animal, ils rêvent en fait de le transposer sur l'être humain, quand ils ne le font pas. La violence conduit à la violence. Tout comme l'argent à l'argent. Cette violence s'obscurcit davantage encore lorsque l'on tue un animal sans défense. Le cas le plus exemplaire dans ce domaine est celui du « lâcher » qui consiste à « libérer » du gibier, faisans, cailles, perdrix, habitués à vivre comme des animaux de basse-cour. Les « chasseurs » ouvrent les cages et abattent sans difficulté, comme un peloton d'exécution, ces bêtes qui ne connaissent pas l'espace naturel et ne savent pas, par conséquent, s'abriter, feinter, se défendre de l'homme. L'autre bel exemple est celui de l'abattage des tourterelles lors de leur migration. L'emploi de miradors facilite la tâche aux tirailleurs. Quant à la chasse « noble », dite chasse à courre, le « jeu » consiste à épuiser l'animal qui se retranche dans un point d'eau où on le sert, « servir » signifiant le poignarder. Le tout s'achève par la grand-messe de la curée. En Allemagne, cette pratique barbare a été remplacée par la traque ; c'est-à-dire un leurre qui représente le cerf. Des gens costumés en diables rouges poursuivent ce leurre à cheval, jusqu'à exténuation du cheval ou du chasseur et les jeux sont faits.

La France n'a pas suivi cet exemple. Elle est restée très représentative et « raffinée » dans le domaine cynégétique. Chasse au lacet, au filet ; chasse à la glu, piégeage ; chasse au grand gibier, aux oiseaux migrateurs et d'eau ; chasse à courre, massacre des prédateurs naturels. Les chiffres sont très significatifs. En France, il est permis de chasser une centaine d'espèces animales. En Grande-Bretagne, une douzaine. Les dates d'ouverture de la chasse sont volontairement complexes. Certaines, pour les oiseaux d'eau, ont lieu alors que les poussins sont encore dans les nids. C'est d'une cruauté remarquable. L'Europe nous offre un espoir. Cependant le lobby de la chasse est très puissant, à l'instar de ceux de l'alcool, du tabac, des jeux. À présent, comme aux États-Unis, la France a fondé des cliniques habilitées à recevoir des oiseaux blessés, même protégés, car les rapaces, les grues prennent leur lot de plomb, bien qu'elles n'appartiennent pas aux espèces « chassables », comme il est précisé gracieusement. Une fois soignés, les oiseaux sont relâchés. C'est une pièce de plus à ajouter au puzzle du Nouvel Homme. Il s'agit de préparer une voie améliorée ou moralement acceptable. Je cherche simplement à trouver des échos à mes propres convictions. À la ville, je ne suis plus délié de mes responsabilités, comme dans le désert ou avec l'accomplissement de mon travail de chercheur, je vois le songe se relier à la réalité.

Je réfléchis à ces problèmes et à mille autres sujets dans « mon travailloir » du Muséum national d'histoire naturelle. C'est ma cellule scientifique et philosophique. Sur ma table, se trouve un biface qui n'a pas été déplacé durant cent millions d'années, malgré le passage de toutes les espèces du Néolithique. Et cent millions d'années plus tard, je l'ai ramassé. N'est-ce pas une invitation au silence, à la méditation et à l'espérance dans la pérennité ?

Textes de combat

INTRODUCTION

« Loin de mon pays, je voulais retrouver par la force de l'esprit, les échos de la guerre », écrit Théodore Monod, en 1942, à Dakar, dans son bureau de l'I.F.A.N. dont il est le directeur. La toile d'araignée nazie couvre la partie nord de la France. L'autre zone, dite « libre », est asservie au régime collaborateur de Vichy.

Lors des voyages à Paris, où il remet au Muséum ses travaux et ses récoltes sahariens, le professeur constate en visionnaire l'étendue du mal et le travail des Résistants. Les Barbares, c'est l'occupant mais aussi certains Français profitant du lucre et du pouvoir.

Théodore Monod comprend également que ce mal présent s'est formé dans un passé privé de veilleurs et de vigilants. Ceux-là qui analysent les signes précurseurs de l'extrémisme politique et savent l'éradiquer à temps.

Cette clairvoyance, cette vision, Théodore Monod les retranscrit dans ses textes de guerre. L'écrit est une force, une arme de pacifiste contre ceux qui intoxiquent la pensée française et favorisent faiblesse, lâcheté, peur : trois mots au service des dictateurs opérant dans un État affaibli. « Voir loin et clair », une devise à graver sous le blason du professeur. Rentré à Dakar, Théodore Monod appuie le travail des résistants, des hommes et des femmes restés debout. Ils sont les compagnons de la Force fraternitaire française. Le savant en développe l'esprit dans un mémoire destiné à anticiper la renaissance politique de la France. Refaire un « corps national d'esprit et de chair » et non « une Nation passée au conformateur ».

Ses textes de combat sapent la force obscure qui pénètre les esprits français, ceux qui ont fait « le mauvais choix » et lisent *Signal*, « farci de belles images » où l'horreur est théâtralisée, et donc rendue irréelle. Les journaux de propagande nazie abondent. Le mensonge possède les esprits en direct. Théodore Monod démonte la supercherie, la contre-information. Il interpelle, il réveille. Il parle à ce monde en fusion où l'état d'urgence est dépassé, « le vieux monde tout entier, fondu à l'infernale fournaise de la guerre, est redevenu plastique. On peut tout en faire aujourd'hui, le meilleur comme le pire ».

Monod sait faire tomber les masques car il est authentique, et lucide. La lucidité c'est voir la Vérité, ce qui n'est pas sans douleur, hormis si l'humour l'édulcore. Théodore utilise beaucoup ce dernier avec l'espoir et donc l'optimisme. En Monod, il y a du Péguy et du Teilhard de Chardin lorsqu'il déclare, entre grâce et lyrisme : « Il faut cet agent actif et rapide qu'est le lien, le liant fraternitaire. Il est de toute nécessité que l'onde initiale soit puissante, pour qu'elle impressionne suffisamment les dispositifs d'exécution les plus lointains. Ce moment d'histoire se fera en un confluant pathétique, une rencontre des Français — ou bien ces courants se heurteront, se briseront, déterminant de mortels remous, ou ils s'uniront en une force large et puissante qui autorisera tous les espoirs. »

Ces textes, écrits de 1942 à 1944, ont un demi-siècle, pourtant ils sont actuels, car l'Histoire se répète. Si les veilleurs manquent, ressurgissent les faux prophètes politiques ou religieux qui attendent le déclin d'un corps social et économique pour entrer en scène sous les projecteurs des médias.

Par ses écrits et ses actes, durant un conflit qui fut un révélateur, un filtre, au même titre que le désert le fut pour Théodore Monod, nous lisons la méditation d'une âme universelle tournée vers l'espérance et la sagesse.

MARTINE LECA

PARIS 1942

Radio-Dakar, 1ᵉʳ mars 1943.

S'il est dans le folklore touareg un proverbe dont les habitants de l'A.-O.F. peuvent sans peine saisir toute la vérité, c'est bien celui-ci : « Mieux vaut voir de ses propres yeux qu'être informé par autrui. » On ne sait, on ne comprend que ce qu'on a vu, et couché. À distance on ne perçoit des réalités que des échos bien affaiblis, souvent même on les ignore.

Qui pourrait, par exemple, sans avoir quitté l'A.-O.F., se faire une idée de l'atmosphère actuelle des grandes villes d'Afrique du Nord ? Qui peut savoir, s'il n'a pas vu sur place l'occupation ennemie, combien celle-ci est en fait différente de l'idyllique tableau que tentaient de nous en tracer certaines propagandes ?

J'ai séjourné à Paris à trois reprises au cours de l'année 1942, en janvier-février d'abord, puis en août et fin octobre, et je voudrais très simplement, très sobrement, entrouvrir pour vous le dossier que j'en ai rapporté, vous faire connaître certains documents qu'il est plus que jamais salutaire, et nécessaire, de ne pas ignorer plus longtemps.

113

Le côté purement externe et anecdotique de la vie dans le Paris occupé a été souvent décrit : l'indicible encombrement du métro, par exemple, seul moyen de transport fonctionnant encore et envahi, aux gares, de bagages, ou bien encore les totales ténèbres des nuits avec ces aspects étranges, inusités, de la ville, sous un *vrai* ciel ou sous un *vrai* clair de lune, avec aussi la peine que l'on éprouve parfois à découvrir, le soir, telle porte amie ou même à retrouver la sienne...

Pour constater les changements matériels qu'impose à l'aspect de la rue la présence de l'envahisseur, prenons un quartier, par exemple celui du Luxembourg. Voici un carrefour hérissé de pancartes d'orientation, noires et blanches, noires et jaunes, rédigées en allemand et destinées à faire connaître soit la géographie de la France occupée (Fontainebleau, Orléans, etc.), soit l'emplacement de tel ou tel service (hôpital, clinique dentaire, centre de distribution de légumes, magasins de pièces détachées et, bien entendu, GFP, *Geheimfeldpolizei*, Police secrète de campagne).

C'est encore contre un écriteau GFP que nous allons nous heurter un peu plus loin, en même temps qu'à une barrière blanche qui nous forcera à descendre du trottoir pour contourner l'emplacement sacré interdit aux Gentils. Ailleurs, et bien souvent, un sergent de ville français nous obligera même à traverser la rue pour nous empêcher de longer tel immeuble occupé.

Parfois c'est une rue tout entière qu'une grande pancarte vous annonce « interdite à tous véhicules français ». Et la rue de Vaugirard le long du Sénat est même fermée à toutes les voitures, allemandes comprises, sauf à celles de ces dernières se trouvant *mit generale*, avec des généraux...

Place Médicis, un *Speiselokal*, restaurant militaire, gardé par des sentinelles en armes. Rue de Médicis, sur un immeuble, un étrange échafaudage dont je n'eus jamais deviné la destination si, au cours d'une promenade matinale, je n'y avais vu hisser une pièce de DCA. Sur le Sénat un gigantesque drapeau à croix gammée : le Luxembourg coupé en deux par une palissade, côté « maîtres », côté « Service »...

Place de la Sorbonne une splendide librairie allemande dont les vitrines, plusieurs fois brisées, sont surveillées par des agents français. La rue Auguste-Comte retentissait autrefois des appels joyeux des écoliers : aujourd'hui, à côté d'une guérite-blockhaus en acier, flotte le pavillon ennemi et au fronton du grand immeuble qui s'appelait lycée Montaigne on lit, en gros caractères : Florian Geyr Burg, un Bur pas si mal nommé d'ailleurs puisqu'il est peuplé de gens de la *Luftwaffe* et que Geier signifie, aussi, « vautour »...

Sur ce mur, là-bas, une affiche, jaune et noire. Approchons toujours : que vend-on, que joue-t-on ce soir ? Non. Le placard, bilingue, nous prévient, en quelques phrases précises, et meurtrières comme le tranchant d'une hache, que dorénavant la famille de tout coupable d'un attentat ou d'un sabotage sera, elle aussi, punie :

« 1° Tous les proches parents masculins en ligne ascendante, ainsi que les beaux-frères et cousins à partir de 18 ans, seront fusillés ;

2° Toutes les femmes du même degré de parenté seront condamnées aux travaux forcés ;

3° Tous les enfants, jusqu'à 17 ans révolus, des

hommes et des femmes frappés par ces mesures, seront remis à une maison d'éducation surveillée » ! Et voilà. À bon entendeur, salut !

L'hiver dernier, des communiqués, fréquents hélas, et encadrés de noir, non point pour solenniser ces deuils, mais simplement pour rendre l'entrefilet plus apparent, donnaient le nom des fusillés et le motif, réel ou prétendu, de l'assassinat. La mode a passé. Peut-être que ces trop nombreux petits faire-part n'auront pas eu sur la population tout l'heureux effet qu'en attendait le Commandant *von der Gross Paris*. En tous les cas le système du mutisme ne vaut, psychologiquement, pas mieux. En principe on doit ignorer, mais le moyen d'empêcher les gens de raconter que tel ou tel des leurs a été emmené et que, depuis, on ne sait plus rien de lui ? Et puis, déchirant soudain le silence, voici que tout à coup un aveu échappe.

Le samedi 19 septembre 1942, quand j'ai ouvert le matin mon journal, j'y ai trouvé, en première page, un avis commençant ainsi : « Par suite d'attentats commis par des agents communistes et terroristes à la solde de l'Angleterre, des soldats allemands et des civils français ont été tués ou blessés. En représailles pour ces attentats, j'ai fait fusiller 116 terroristes communistes dont la participation ou la complicité à des actes terroristes ont été prouvées par des aveux. En outre, d'importantes mesures de déportation ont été prises. »

L'ordonnance ajoutait que dans les départements de la Seine, Seine-et-Oise et Seine-et-Marne, du samedi 19 à 15 heures au dimanche 20 à 24 h, tous les théâtres, cinémas, cabarets et autres lieux de plaisir réservés à la population française seraient fermés, que toute manifestation

116

publique, même sportive, était interdite et que le dimanche 20 septembre de 15 h à 24 h, « il est interdit aux civils non allemands de circuler dans les rues et sur les places publiques ». Signé : *Der Hohere SS. und Polizei Führer in Bereich der Militäarbefehlshaber in Frankreich*, ce qui signifie : Le Chef supérieur des SS et de la Police sur le territoire du commandement militaire en France.

Je n'ai pas regretté ce jour-là, et pour une fois, d'avoir acheté le journal. Un petit avis, grand comme la main tout au plus, mais ces 160 cm^2 de papier noirci renfermaient un singulier enseignement : pour celui qui savait déjà, une preuve de plus — s'il lui en fallait encore —, pour l'aveugle, ou l'aveuglé, un trait de flamme à dessiller les paupières les plus solidement closes, les consciences les plus obtuses.

Samedi 19 septembre. C'est demain seulement qu'il faudra être rentré chez soi au début de l'après-midi. On peut encore, d'ici là, circuler. Profitons-en.

Des Allemands, mais, somme toute, pas très nombreux ici : ce n'est pas, et de loin, le quartier le plus atteint. Des agents, par endroits, pour garder une officine de propagande italienne, un bureau d'embauche pour le travail en Allemagne ou la section locale d'un des partis français inféodés à l'occupant.

Les kiosques à journaux, qui se modernisent même ici puisque le modèle de luxe, réservé naguère aux Boulevards, colonise maintenant le Quartier latin, sont plus polychromes et mieux fournis que jamais. Il vaut la peine d'y regarder de plus près. Qu'y trouve-t-on ? D'abord des journaux allemands, ceux-ci ouvertement tels, venus du Reich ou comme la *Pariser Zeitung* de fabrication locale ; dans cette première catégorie un grand nombre d'illustrés. Ensuite des éditions en français de journaux allemands, tels que *Signal, der Adler*, le magazine de la *Luftwaffe*, etc. Enfin, le gros de la presse, française de langue et de typographie, allemande d'inspiration. Dans cette catégorie, quelques quotidiens, *Le Matin, L'Œuvre, La France socialiste, Aujourd'hui, Les Temps nouveaux, Le Cri du Peuple*, des hebdomadaires, format journal, *La Gerbe, Je suis partout, Le Pilori, L'Effort*, ou format magazine, *L'Illustration, La Semaine, Toute la Vie*, etc. Toute une floraison, prolongée par une série de périodiques plus spécialisés, destinés comme *La France européenne* à prêcher aux poules l'urgent intérêt et l'agrément d'une alliance avec le renard, ou comme *Le Cahier jaune* ou *L'Ethnie française* à tenter de propager, dans un pays qui reste celui de Voltaire, l'idéologie raciste et le mythe aryen.

Décidément, si l'herbe ne repousse pas sous les sabots du cheval d'Attila, on ne peut en dire autant des journaux, qui pullulent.

Et je songeais, en passant place Maubert devant un socle comme les autres privés de statue, ici celle d'Étienne Dolet : la disette des estomacs est grave, l'intoxication des esprits peut le devenir, car l'occupant dispose de moyens de pression formidables, la presse tout entière, le tract, les livres, d'énormes affiches qui ne semblent guère, elles, se ressentir de la crise du papier et, naturellement, la radiodiffusion. C'est beaucoup. Ce n'est pas assez pour corrompre durablement et mettre encore sérieusement en péril l'âme traditionnelle de la France. Mais le danger existe, multiforme, insidieux, tenace, quotidien.

118

L'esprit français ne l'ignore pas. Il est sur ses gardes. Il se défend. Il tient. Il tiendra le temps nécessaire. Il sait qu'on est libre, malgré toutes les contraintes extérieures, dans la mesure même où l'on n'a pas livré son âme et renié son moi véritable. Il réagit par le durcissement de sa volonté, par les indignations généreuses qui le secouent, et, s'il est croyant, par l'ardeur brûlante de sa prière.

Il réagit aussi sous la forme, non moins indispensable, de la bonne humeur. Les histoires drôles sont un des aspects importants de la résistance morale et certainement un tonique efficace. Déjà s'est constitué de la sorte tout un folklore, toute une littérature, orale pour l'instant, bien entendu.

En voici quelques échantillons. Empruntés d'abord au cycle du Paradis, qui paraît l'un des plus étoffés.

Premier exemple : « De la coupe aux lèvres » ou « Les surprises du vocabulaire ». Goebbels, très pistonné évidemment, est arrivé au Paradis. Il a un fauteuil, une couronne d'or, une harpe. Et il s'ennuie à longueur de siècles, il s'ennuie à en périr. Mais voici qu'en se penchant à la fenêtre il voit, au-dessous, un lieu d'aspect fascinateur : rien n'y manque, ni frais ombrages, ni boissons fortes et capiteuses, ni volailles en broche, ni tartes aux graines de pavot ; absence totale d'anges, de couronnes et de harpes, présence par contre d'un gracieux et souriant essaim de belles filles, bref un endroit à s'y consoler de ce monotone Paradis. Goebbels ne tient plus en place. Il appelle l'Ange de Service : « Dites donc, qu'est-ce que c'est que cet endroit là-bas ? ça n'a pas l'air mal... — C'est l'Enfer, Excellence. — Tiens... l'Enfer... Et... je pourrais y aller dans cet Enfer ? —

Mais, évidemment, aucun règlement ne s'oppose à semblable mutation... » Aussitôt dit, aussitôt fait. Conduit par un céleste alkati, Goebbels se dirige vers l'Enfer. Mais, ô stupeur, il n'en a pas plutôt franchi le portail que sur lui se précipite un parti de diables vilains, méchants, cornus, poilus, coués et puants... Et bâtons, fouets, pincettes, fourches d'entrer en danse et de pleuvoir à coups pressés sur le malheureux qui, assommé, essorillé, écharpé, échivé, estourbi, est finalement à grands coups de botte dans le « là-où-le-dos-perd-son-nom », culbuté dans une chaudière où la paix est déjà plus que tiède. Indigné, notre client sonne le gérant. Satan lui-même se présente : « Dites donc, en voilà des manières ! Je viens dans votre établissement essayer de m'y désennuyer du Paradis et attiré par tant de spectacles appétissants et voici que le personnel me fait subir plus que des impolitesses, d'intolérables sévices. Ce n'est pourtant pas ce qui était prévu... Et alors, tout ce que j'ai vu, les vins fins, les victuailles, le nougat, et les girls, tout ça, mais qu'est-ce que c'est ? — Tout ça, répond Satan, après avoir du pied poussé une belle grande bûche sous la marmite, tout ça, ah, mais c'est la propagande... »

Deuxième exemple : « Le poisson rouge ». À la porte du Paradis se bousculant comme des potaches, Hitler, Mussolini, et Churchill. Saint Pierre n'aime pas les gamineries : « Tout doux, les amis ! un peu d'ordre. D'abord, il n'y a qu'une place aujourd'hui, une, et c'est complet. Alors, voici, nous allons procéder par voie de concours, le gagnant aura la place. » Cela dit, il amène les trois candidats auprès d'un petit bassin : « Dans ce bassin, explique-t-il, il y a un poisson rouge. Vous aurez droit chacun à un essai. Et maintenant, comme disait

Guillaume le Conquérant à Hastings, *Let the best win*, que le meilleur l'emporte... » On tire au sort. C'est à Mussolini de commencer. Il tombe la veste, bombe le torse, cambre le jarret, avance d'un air décidé le menton et pique une tête sur le poisson rouge : coupe, crawl, ronds de bras, ronds de jambes, retournements, éclaboussures, inutiles acrobaties : au bout d'un quart d'heure Benito fait surface et, épuisé, abandonne. « Au suivant... » Hitler s'avance, se perche d'un air martial sur la borne fontaine et lance à pleine voix les ordres les plus menaçants : « Ici, une batterie lourde... là, un groupe de mortiers... une escadrille de bombardement... À mon commandement, sur le poisson rouge, feu à volonté, *Blut und Ehre*... » Fracas épouvantable ; le carpillon, plein d'astuce, s'était prudemment caché sous un gros rocher et attendait paisiblement que les munitions fussent épuisées... Un quart d'heure plus tard elles l'étaient et, le calme revenu, on pouvait de nouveau frétiller sans péril, mais Adolf avait perdu. Restait le troisième compétiteur, Winston Churchill : celui-ci s'approche tranquillement, s'assied, croise les jambes, regarde l'eau, sort un cigare, le prépare, l'allume, en tire quelques bonnes bouffées, prend ensuite dans sa poche une cuiller à café et commence, posément mais avec méthode et sans perdre des yeux le poisson rouge, à épuiser le bassin en ajoutant : « J'y mettrai le temps, mais je l'aurai... »

Troisième et dernière histoire : encore un poisson, mais plus de Paradis. Titre : « La carpe reconnaissante ». Un pêcheur à la ligne vient de ferrer, et de sortir, une carpe magnifique, trois livres au moins : « Tu vas la faire sauter au beurre, dit-il à sa femme. — Mais, mon ami, à quoi songes-tu, tu sais bien qu'il n'y a pas de beurre... — Alors, au court-bouillon, avec des oignons... — Impossible, il n'y a pas d'oignons... — Eh bien, alors simplement grillée sur la braise. — Mais... c'est qu'il n'y a pas de charbon... » Ce coup-là le pêcheur se fâche et comme le poisson n'était pas mort : « Puisque c'est comme ça, tant pis, je la reflanque à l'eau, la carpe... » Platch ! le poisson, un peu étourdi, et à demi asphyxié déjà, disparaît ; il lui faudra quelques instants pour retrouver son équilibre et ses esprits, mais le voici bientôt qui, tout ragaillardi, s'élève lentement vers la surface, sort le museau et, d'une voix encore affaiblie mais sincère s'écrie : « Vive l'Europe nouvelle... »

Vive l'Europe nouvelle... Je trouvai la carpe bien optimiste le jour où, entrant dans un bureau de poste, je vis pour la première fois, en grosses lettres, sur la porte de la cabine téléphonique : « Accès interdit aux Juifs ».

Henri Bergson, l'illustre philosophe, professeur au Collège de France, membre de l'Académie française, est mort. C'est heureux pour lui : vivant encore à Paris il ne pourrait posséder ni téléphone, ni poste de radio, il lui serait interdit de sortir le soir, d'aller à Versailles, qui est en Seine-et-Oise, de visiter un musée, de travailler à la Bibliothèque nationale, d'assister à une conférence et plus encore d'en donner, de pénétrer dans un cinéma — ce qui n'aurait sans doute pas été pour lui la privation la plus grave —, de monter en métro ailleurs que dans la voiture de queue, de déjeuner au restaurant, de se promener au Luxembourg. Il n'eut même pas pu sortir de chez lui sans être porteur de ce que le Moyen Âge nommait une « rouelle », pièce d'étoffe jaune en forme aujourd'hui d'étoile de David, de 8 centimètres sur 10, cousue à demeure au vêtement mais dont le commissaire de police ne lui aura cependant délivré qu'un seul exemplaire et encore contre remise d'un point de textiles.

Ce n'est pas tout. J'allais en apprendre bien d'autres, que les Parisiens s'étonnaient presque de me voir ignorer encore, pour avoir vécu en Afrique, si loin des réalités de l'occupation. « Comment, me disait-on, vous ne savez rien des événements du 16 juillet, on ne vous a pas dit l'arrestation par la police française sur l'ordre des autorités allemandes, de plus de 30 000 Juifs étrangers, les scènes affreuses auxquelles ces mesures ont donné lieu, enlèvements de malades, suicides, enfants séparés de leurs parents ? Vous ne savez rien de ce qui s'est passé six jours durant au Vélodrome d'Hiver où furent parquées des familles avec enfants, 15 000 personnes, avant le transport aux camps de Beaune-la-Rolande et de Pithiviers ? Rien du sort des familles sans enfants à celui de Drancy ? Rien des conditions de la déportation finale ? »

Les détails que j'ai appris sont atroces ; ils seront pourtant révélés un jour, ils devront l'être, quelque douleur morale qu'il faille éprouver à apprendre que des faits pareils ont eu lieu au XXᵉ siècle, et ont eu lieu en *France*.

Je me contenterai de vous apporter un document dont tout commentaire affaiblirait la valeur et qui est, par lui-même, d'une suffisante éloquence. Il s'agit d'une lettre qu'une déportée est parvenue à jeter du wagon qui l'emmenait vers l'inconnu et qu'un cheminot charitable a fait parvenir à sa famille.

« Épernay, le 27 juillet 1942 — Je ne sais si ce mot vous parviendra. Nous nous trouvons dans un wagon à bestiaux. Nous sommes tous dans un état déplorable. Enfermés depuis trois jours au pain sec, et de l'eau au compte-gouttes à boire. Rien pour nous nettoyer, on nous a enlevé tout, même les choses les plus nécessaires pour l'hygiène. Il y a beaucoup de malades parmi nous. Il y a une femme qui est morte. On pouvait peut-être la sauver, mais le wagon était plombé et on ne pouvait rien faire. Maintenant, nous devons subir l'odeur d'un cadavre, c'est affreux. Dans le wagon, il n'y a rien même pour faire ses besoins. Nous faisons, hommes et femmes entassés ensemble, par terre, sans nous gêner devant tout le monde... Moi et ma sœur nous encourageons mutuellement et nous espérons quand même. J'embrasse mes enfants, la famille et tous nos amis. »

À partir du mois d'août, c'est en zone non occupée qu'on allait assister à des opérations analogues « dans des conditions d'inhumanité », écrivait le 20 août au chef de l'État le président de la Fédération protestante de France, « qui ont révolté les consciences les plus endurcies et arraché des larmes aux témoins de ces mesures ».

Des faits pareils appelaient une protestation. Celle-ci s'est manifestée sous bien des formes. L'une des plus notables fut celle des Églises chrétiennes.

Une série d'évêques ou d'archevêques, ceux de Lyon, de Marseille, de Toulouse, de Montauban par exemple, ont mis au service des persécutés leur haute autorité morale.

Voici la déclaration publique de l'un d'entre eux, Pierre Marie, évêque de Montauban, datée du

25 août 1942 : « Mes bien chers frères, des scènes douloureuses et parfois horribles se déroulent en France sans que la France en soit responsable. À Paris, par dizaines de milliers, des Juifs ont été traités avec la plus brutale sauvagerie. Et voici que dans nos régions on assiste à un spectacle navrant : des familles sont disloquées, des hommes, des femmes sont traités comme un vil troupeau et envoyés vers une destination inconnue avec la perspective des plus graves dangers. Je fais entendre la protestation indignée de la conscience chrétienne et je proclame que tous les hommes, aryens et non aryens, sont frères parce que créés par le même Dieu ; que tous les hommes quelles que soient leur race et leur religion ont droit au respect des individus et des États. Or les mesures antisémites actuelles sont un mépris de la dignité humaine, une violation des droits les plus sacrés de la personne et de la famille. Que Dieu console et fortifie ceux qui sont iniquement persécutés, qu'il accorde au monde la paix véritable et durable fondée sur la Justice et la Charité. »

Quelques semaines plus tard l'Église Réformée de France faisait donner lecture, dans tous ses temples, d'une déclaration solennelle affirmant que « la loi divine doit être maintenue au-dessus de toutes les contingences humaines » et que « la loi divine n'admet pas que des familles voulues par Dieu soient brisées, que des enfants soient séparés des mères, le droit d'asile et sa pitié méconnus, le respect de la personne humaine transgressé et des êtres sans défense livrés à un sort tragique ».

Ces protestations, en apparence inutiles, n'auront pourtant pas été vaines si elles ont épargné à l'historien futur une trop amère constatation. La France n'a pas tout entière gardé le silence. Elle compte encore, par conséquent, des âmes libres qui refusent au César du jour — et d'un jour — l'encens impérial, des âmes qui, demain, n'ayant rien à désapprendre, rendront à la France son vrai visage un instant défiguré par le masque dont l'ennemi l'avait affublé.

L'atmosphère, à Paris, dans l'été finissant, demeurait lourde, la vie matérielle de plus en plus difficile, baissant lentement mais régulièrement comme un flot qui se retire, comme un vase qui se vide, la vie morale, à certains égards plus tragique encore, et, pour ne pas sombrer dans le désespoir, se réfugiant dans l'avenir, dans une promesse, dans une attente, dans ce quelque chose d'inconnu, mais qui approche, et qui mettra fin au cauchemar.

« La fin de tout cela, m'écrivait fin octobre un intellectuel parisien, ne peut être pire que le présent. L'esclavage renaît sous nos yeux : il eût déjà pu se faire que j'eusse un fils envoyé, malgré lui, travailler... ailleurs, un autre, non moins malgré lui, emprisonné... quelque part. La vieille liberté guidera de nouveau nos pas mais, par sa privation, nous ne la confondrons plus avec ses formes éthyliques. Être libre, c'est *être* : plus qu'on ne nous en accorde actuellement. »

Songeons-nous assez, Français d'Afrique-Occidentale, Français épargnés, savons-nous songer assez à ces millions d'âmes prisonnières ?...

RÉFLEXIONS SUR LE SENS
DU CONFLIT

Dakar, conférence, 4 avril 1943.

Je ne voudrais pour rien au monde que cet entretien vous laissât le souvenir d'une sorte de leçon infligée à des élèves, de quelque chose de froidement professoral. Ni qu'il vous soit, même au sens pascalien du mot, un simple « divertissement ». Il s'agit tout au contraire, au lieu d'oublier le réel, et de méconnaître l'indicible gravité de nos problèmes d'aujourd'hui, d'accepter de regarder la situation bien en face, d'en mesurer les périls et les devoirs, et de puiser dans cet effort difficile mais salutaire des raisons nouvelles de croire, d'espérer et d'agir.

C'est peut-être à un certain effort intellectuel que je vous convierai ce soir. J'aurais à m'en excuser devant des enfants. On a le droit de le demander à des hommes.

Nous ne serions pas en effet, vous et moi, des personnes mais des matricules, non point des êtres autonomes mais des numéros, cédant aux tentations faciles d'un idéal de fourmilière, aux fascinations anonymes du troupeau, si nous osions méconnaître la nécessité, plus évidente que jamais, de ce travail d'âme et de pensée qui peut seul fournir au labeur de nos mains sa justification et, plus encore, l'objet sans lequel il n'est qu'une activité mécanique et stérile. Des hommes libres, loin de s'abandonner passivement à de prudents et successifs conformismes, doivent savoir ce qu'ils veulent et pourquoi ils le veulent. Et quand ils sont obligés de recourir à des procédés aussi barbares que la guerre, quand des êtres dit raisonnables en arrivent à se battre, à s'entre-massacrer, au moins faudra-t-il qu'ils veuillent bien prendre la peine de se demander pourquoi, et si la cause qu'ils prétendent défendre est à ce degré éminente pour mériter de l'être par ce pis-aller que demeure toujours la violence.

Faire le point, comme des voyageurs perdus au cœur de l'océan ou du désert, tel est mon propos : « Où sommes-nous, où allons-nous ? »

Je tâcherai de vous parler simplement, sans pathos, sans éloquence, vous apportant, non certes l'écho d'une propagande, mais l'expression d'une conviction personnelle, une conviction qui, n'ayant jamais varié, n'a aujourd'hui rien à désapprendre, qui s'est au contraire lentement et constamment fortifiée au cours des dernières années, et qui, pouvant enfin s'exprimer librement, ne saurait se refuser à ce redoutable devoir du témoignage qui m'amène aujourd'hui devant vous.

La première exigence de l'heure, exigence à laquelle il n'est pas toujours aisé de demeurer fidèle quand tant de puissances, et de si formidables, conspirent chaque jour contre le libre exercice de notre indépendance spirituelle et mentale, c'est la défense et — si le malheur des temps était parvenu à nous l'arracher — la reconquête de notre clairvoyance, de notre impartialité. Je n'ignore pas que nos ennemis, eux, s'embarrassent peu de pareils scrupules, bons tout au plus pour des démocraties agonisantes et des idéalistes insensés : pour eux, il n'est plus question de vrai ou de faux, mais seulement de nuisible et d'utile : est vrai, ce qui sert l'Allemagne, est faux ce qui lui nuit « même si c'est la vérité », tient à spécifier un de ses mauvais bergers, et, pour comble de cynisme, un éducateur.

Nous n'en sommes pas là. Des Français, à moins de renier l'essentiel de leur héritage spirituel, n'en seront jamais là. S'ils savent demeurer fidèles à leur tradition profonde, s'ils savent se refuser à cette apostasie que leur prêchent encore certains complices de l'envahisseur, ils n'oublieront jamais que la vérité ne se fabrique pas au gré de nos fantaisies, de nos querelles, de nos intérêts, de nos habiletés, de nos instincts. Et qu'elle veut être servie, disait Vinet, « comme une vierge pure, non comme une courtisane ».

Nous ne serons donc pas tentés de céder au dangereux aveuglement qui voudrait nous obliger à considérer notre cause nationale comme coïncidant nécessairement avec le Bien, celle de notre adversaire avec le Mal. Les choses sont toujours moins simples que ne l'imaginent nos grossiers schémas. Il n'y a nulle part — ici-bas — ni Bien total, ni Mal absolu. Et si nous sommes honnêtes, si nous sommes francs, si nous sommes véridiques, nous saurons quand il le faudra, tout aussi bien condamner le mal rencontré chez nous que reconnaître le bien chez l'ennemi. Des Français véritables, indemne de toute intoxication totalitaire, n'accepteront jamais de sombrer, en défiant l'État, dans le fétichisme, ou, diront les croyants, dans le blasphème. C'est pourquoi ils condamnent à juste titre la vieille maxime : *my country right or wrong* (« qu'elle ait tort ou qu'elle ait raison, c'est ma patrie »), qu'un penseur anglais vient en 1942 de qualifier de « cri idolâtre ».

Donc, d'abord : ouvrir les yeux, conserver sa lucidité, son impartialité, son esprit critique, se garder du pharisaïsme, perpétuellement menaçant.

Nous voici rentrés dans la guerre active. Nous voici de nouveau dans l'un des deux camps qui s'affrontent. Nous avons le droit de savoir pourquoi. Nous ne sommes pas, comme les esclaves d'en face, obligés de subir les caprices d'un tyran, d'un parti, d'un clan, d'abdiquer entre les mains d'une idole sanglante notre raison et notre cœur. Nous avons le devoir de mettre à nos services, à notre adhésion — et pour certains à notre sacrifice — une condition : la clarté. Au grand mouvement de libération qui soulève actuellement dans le monde l'enthousiasme de tant de millions d'hommes, nous ne participerons utilement, dignement, loyalement, courageusement, que dans la mesure où nous pourrons lui apporter autre chose que la passivité résignée d'un bétail : une conviction réfléchie et raisonnée, je dirai plus, une foi.

Reste à savoir laquelle. Car il ne suffit pas de croire, encore faut-il savoir en qui ou en quoi. Les faux dieux pullulent. Ni la sincérité, ni l'enthousiasme, ni l'héroïsme même n'ont jamais garanti l'homme de l'erreur et nous voyons aujourd'hui des peuples entiers acclamer un idéal de cruauté et de fanatisme, pratiquer une religion de l'âge du bronze et, dans leur soif de sacrifice, s'offrir joyeusement un sanglant holocauste sur l'autel de leur monstrueuse idole.

Nous nous garderons des formules ambiguës ; nous laisserons à nos adversaires l'art de pervertir les consciences par le mensonge volontaire et systématique.

« Libérer la France », soit. C'est un programme. Mais qui veut être précisé.

Quelle France ? Quelle libération ? Le patriotisme ne saurait être pour nous ce fétichisme brutal et borné qu'il est ailleurs, là où la communauté nationale, érigée en absolu, et transformée en divinité, devient la suprême, la seule réalité, norme et règle de tout le reste, en fonction de quoi tout existe, en dehors de laquelle rien ne saurait conserver d'autorité, et devant laquelle doivent venir se prosterner tout ce qui fait que l'homme en est un, son intelligence, sa raison, sa vie intérieure, ses aspirations profondes, sa conscience, son Dieu.

La France n'est pas pour nous une pareille idole. Elle ne prétend nullement à je ne sais quel privilège miraculeux qui lui assurerait, parmi d'autres nations, une nécessaire prééminence. Pour demeurer lucide, notre patriotisme à nous saura faire le départ entre le biologique et le spirituel, l'un et l'autre légitimes mais distincts. Si nous voulons collaborer à la libération de la France, ce ne sera pas seulement parce que c'est le sol natal, mais aussi, mais surtout peut-être pour ce que la France représente, pour l'idéal qu'elle incarne, pour les valeurs spirituelles dont elle est dépositaire et que l'avenir ne nous pardonnerait pas d'avoir trahies et laissées périr à l'heure où leur sort se jouait, et se jouait pour des siècles peut-être.

Je voudrais insister ici sur un point qui me semble aussi important que méconnu, ce qui n'est pas peu dire, hélas. Il s'agit de l'enjeu du conflit actuel. En avons-nous su discerner toute l'ampleur ? En 1939 je croyais moi-même qu'une fois de plus l'Europe allait assister au heurt de deux impérialismes rivaux jouant, à coups de canon, leur prestige et leurs clients. Je voyais avec tristesse les grands mots galvaudés une fois de plus, les mots sacrés — dont nous avons retrouvé aujourd'hui le sens — de liberté, de justice, de civilisation, mobilisés pour la défense d'intérêts qui ne semblaient que trop humains. Beaucoup, mal informés du péril, se demandaient en quoi la querelle anglo-allemande pouvait intéresser la France, et s'apprêtaient, après avoir accepté sans trop de remords de trahir les Tchèques, qui étaient loin, à consentir bientôt à une joyeuse « Europe nouvelle », bâtie sur les cadavres de dix peuples libres.

Aujourd'hui, le doute n'est plus permis, n'est plus possible. On sait maintenant que, cette fois-ci, il ne s'agit plus de poteaux-frontières, de timbres-poste, d'uniformes de douaniers ou même d'atlas à quelque peu recolorier. Ce ne sont plus comme au bon vieux temps deux princes, deux armées, deux pays qui s'affrontent. Ce sont deux mondes, deux philosophies, deux religions. Ce qui se joue, ce n'est pas seulement la victoire de tel ou tel État, c'est tout simplement le sort de l'esprit et de la personne humaine, l'avenir des principes et des libertés sans lesquelles nous estimons qu'il ne saurait y avoir jamais de civilisation vraie ni d'humanité digne de ce nom. Il faut le savoir, il faut lever les yeux sur l'indicible gravité d'un drame qui est, bien plus encore qu'une guerre, une apocalypse.

Nos ennemis ne l'ignorent pas. Ils parlent d'un « tournant décisif du monde », de la « charnière des temps ». Ils s'apprêtent à inaugurer, pour remplacer l'ère chrétienne, une ère nouvelle, à créer une race nouvelle d'hommes forts et cruels, à nous apporter une suprême libération en nous affranchissant et de la contrainte de la raison — car la souveraineté de l'esprit est, paraît-il, une dégradation pathologique —, de cette avilissante chimère qu'on nomme conscience ou morale, et du culte absurde et périmé de la vérité.

Dans sa brochure *Das Reich als Aufgabe* (Le Reich en tant que tâche), M. Friedrich Schmidt, vice-gauleiter du Wurtemberg, nous déclare : « Nous n'avons pas le droit de réaliser notre prétention de diriger l'Europe aussi longtemps que nous n'aurons pas le courage de surmonter par des moyens révolutionnaires la puissance d'une idée de communauté spirituelle et politique qui s'est maintenue pendant près de deux mille ans, et d'instaurer à sa place la nouvelle idéologie nationale-socialiste... Nous considérons l'appartenance à notre nation comme la plus haute réalité divine et morale... Lorsque nous disons qu'un homme est un Allemand par le sang, nous reconnaissons avec respect un ordre de création divine et inviolable... Il s'agit donc de surmonter les principes spirituels qui prévalent depuis deux mille ans, de révolutionner le continent européen pour en faire un continent germanique, de le stabiliser et de le parfaire jusqu'à le transformer en un bastion de la nouvelle idéologie nationale-socialiste... Dans ce sens la guerre actuelle et l'époque présente sont un tournant dans l'histoire du monde. »

Nous devons le savoir aussi et ne le point oublier.

Sans doute plusieurs guerres différentes s'emboîtent-elles les unes dans les autres, celle des nations, celle des systèmes rivaux, celle enfin, ubiquiste et éternelle, des forces du bien et du mal. Sans pouvoir les considérer comme exactement superposables, il faut bien reconnaître qu'aujourd'hui la cause nationale des Alliés s'identifie pleinement à la résistance des peuples contre la tyrannie, à leur combat pour un monde où tout homme libre de penser, de s'exprimer, d'adorer, suivant sa conviction intime, échappera enfin à la misère et à la peur.

On se tromperait donc gravement en imaginant que le problème français, notre problème, n'est aujourd'hui que militaire, et par conséquent que matériel. Il faut délivrer le sol de la France, sans doute, mais il n'est pas moins urgent de délivrer son âme avant que la propagande ennemie, acharnée, tenace et à qui ne manquent pas les complices, ne soit parvenue à lui causer de trop graves dommages.

J'étais à Paris il y a quelques mois. Naturellement, la vue dans nos rues des uniformes verts ou gris de la race des maîtres n'est pas précisément agréable. Mais ce n'est pas le plus grave. L'éventaire d'un marchand de journaux où s'étale toute la pourriture des nazis et de leurs domestiques me paraissait autrement redoutable. Ces bottes s'en iront un jour, elles prendront même alors, je l'espère, le pas de course, mais ce poison démoniaque, instillé goutte à goutte dans notre sang, et dans celui, plus sacré encore, de nos enfants, comment, et en combien de temps, parviendrons-nous à l'éliminer entièrement ? Des taches, d'ordure ou de sang, sur un pavé, ça se lave, et il n'y paraît plus. Mais ces germes de mensonge et de corruption semés dans les cœurs trop souvent sans défense, quelle vigoureuse cure de désintoxication ne faudra-t-il pas entreprendre pour les arracher ?

Cette cure, elle nous regarde tous. Nous y pouvons tous collaborer. Tous ne se battront pas sur la ligne de feu, le front matériel, mais tous peuvent défendre, et, là où il faut, reconquérir les secteurs menacés ou « occupés » de la vie spirituelle française.

Enchaînée et prise à la gorge par un adversaire qui a tout fait pour tenter de lui infliger une défaite morale qui eût été plus lourde encore de conséquences dans le monde que son écrasement matériel, la France n'a pu toujours écarter de son visage ce masque affreux dont on voulait la déshonorer. Elle a dû subir la dure volonté du vainqueur. Elle a dû, parfois, sous la contrainte, sous la menace, suivre celui-ci sur des chemins qui s'écartaient de ses traditions de pitié humaine, de tolérance, de noblesse spirituelle. Elle a dû se taire, impuissante, en serrant les dents, devant les crimes de lèse-humanité qui chaque jour souillaient ou ensanglantaient sa demeure.

Ses amis, les peuples nourris de son idéal, les âmes qui, par millions, refusaient encore de pactiser avec le démon et d'accepter ses maximes, savaient bien que la France, la vraie, demeurait fidèle à sa vocation et retrouverait, aussitôt délivrée de son bourreau, sa voix généreuse, un instant réduite au silence.

Aujourd'hui, nous avons, nous, Français d'Afrique, le privilège de pouvoir redevenir ouvertement nous-mêmes. Nous pouvons exprimer librement notre idéal. Et je crois que nous faillirions au devoir de l'heure si nous hésitions un instant à formuler sans réticence notre foi, à dire notre espérance, à énumérer ce que nous repoussons absolument comme indigne d'un peuple qui entend se refuser à la barbarie que lui voulait imposer la sollicitude de ses maîtres provisoires.

Cette mise au point de nos convictions, elle est triplement nécessaire : d'abord parce qu'il n'est point d'action efficace qui ne repose sur un propos, une décision, une certitude et que nous ne ferons rien si le but qui nous est proposé nous échappe — ensuite parce qu'il faut que les Français de France, qui livrent le combat silencieux de la fidélité, autrement difficile que le nôtre, sachent que les Français déjà libres et ceux qui ne le seront que demain sont entièrement d'accord sur l'essentiel —, enfin parce que le monde nous regarde et que nous n'échapperions pas aux sévérités d'une juste condamnation si l'on nous voyait, dédaignant les privilèges de l'indépendance retrouvée, loucher encore vers nos chaînes et préférer aux glorieux périls de la liberté les rassurantes mais honteuses sécurités de l'esclavage.

La meilleure façon de définir la position française, et par conséquent les raisons pour lesquelles nous sommes rentrés dans la guerre aux côtés des Nations unies, sera, je pense, d'énumérer les principes que nous refusons : ce sera, par antithèse, une façon de dire en même temps ceux que nous tenons pour juste, pour nécessaire d'accepter et de défendre.

Il n'est pas très difficile de découvrir et de nommer les points sur lesquels l'offensive idéologique de nos ennemis et de leurs complices doit trouver les Français entièrement unis dans une commune résistance.

I. UN SYSTÈME INHUMAIN : LA MYSTIQUE TOTA-LITAIRE

S'il est d'abord, pour nous, un principe essentiel, c'est bien l'importance cardinale que nous attachons au respect de la personne humaine. L'incommensurable valeur de celle-ci, elle est inscrite, en traits indélébiles, à chaque page de l'Évangile et la pensée chrétienne authentique ne l'a jamais oubliée, non plus que la tradition laïque du personnalisme français. Par-delà les différences de fonction, de milieu, de sang, de race, nous saurons reconnaître toujours, et vénérer en chaque homme, cette âme unique et libre, qui assume — et c'est sa grandeur — son propre destin, et demeure dans tous les temps le dernier centre de résistance contre les tyrannies.

Je sais que le mot d'individualisme se voit aujourd'hui officiellement condamné. Et il n'est que trop évident qu'il n'a été souvent que le paravent de notre égoïsme, de notre appétit de facilité et de jouissance, de notre légèreté, d'un refus de prendre au sérieux notre responsabilité envers la communauté. Tout cela n'est que trop vrai, mais ne suffit pas à nous faire oublier l'éminente dignité d'une personne qui ne devra jamais être traitée comme un simple moyen mais comme une fin. Aucune civilisation véritable qui ne soit fondée sur le respect de la personne comme base. Un ordre qui s'établit sur la négation de la vie personnelle ne mérite plus d'être appelé un ordre.

Mais la personne, à son tour, n'existe pas séparément des communautés où elle s'incarne. Premier axiome :

tout homme est maître de son destin. Deuxième, non moins irrévocable : on ne fait pas son salut tout seul.

Nous, Français, voulons défendre à la fois le sens de la personne, libre et responsable, et celui de la communauté, librement consentie et joyeusement servie.

Or que nous propose l'ordre totalitaire de nos ennemis ? L'écrasement de la personne et le fondement de la communauté sur une simple arithmétique, la Masse, ou sur un zoologisme, la Race. Ce n'est pas sur de pareilles bases que l'on peut construire une civilisation.

Celle-ci n'est en effet ni la richesse, ni la puissance, ni la vitesse, ce dieu moderne. Ce ne sont là que des moyens. Jamais l'homme n'a eu tant de moyens à sa disposition, jamais il n'a été dans une aussi parfaite ignorance des fins auxquelles il les devait appliquer. La civilisation vraie se définira par ses fins, qui seront nécessairement la culture des attributs distinctifs de l'humanité, ceux que l'homme est seul à posséder. En vitesse il sera battu par la gazelle, en diligence par la mouche maçonne, en force par l'éléphant, en férocité par la panthère, et les fourmis réaliseront mieux encore que lui l'idéal de l'État totalitaire. Ce qui lui appartient en propre c'est la raison qui poursuit la vérité, le sens du juste et de l'injuste qui conditionne la vie morale, l'émotion esthétique, à la recherche de la beauté. Pas de civilisation véritable dans une société qui ne fera pas leur place à ces trois éléments. Donc pas de civilisation possible dans une société où l'homme n'est plus libre de penser, d'agir, de créer, sous un régime totalitaire par exemple.

Nul plus qu'un Français, c'est-à-dire un homme élevé dans une tradition d'impartialité, d'humanisme et de tolérance, ne se doit garder des jugements injustes. Mais il faut savoir aussi reconnaître ses erreurs et ne point sacrifier à de généreuses illusions les droits de la vérité.

Nous sommes nombreux à avoir inlassablement espéré que l'Allemagne de la tradition classique, universaliste et pacifique l'emporterait un jour sur l'autre, ivre de militarisme et de pangermanisme, que l'ensemble de la nation ne se laisserait pas contaminer par l'esprit prussien.

Nous nous sommes trompés, cruellement, dangereusement. La volonté prussienne et le pangermanisme ne font plus qu'un. Bien plus, l'Allemagne tout entière s'est jetée dans les bras de la Prusse.

Et elle s'en vante. Écoutez Goebbels : « Nous sommes des Prussiens, même si nous sommes des Bavarois ou des Badois : où nous sommes, il y a la Prusse. » Écoutez Goering : « À partir de maintenant, le pas des grenadiers de Potsdam est devenu le pas du peuple allemand. »

« Notre militarisme, dit Werner Sombart, c'est l'union complète entre Weimar et Potsdam, c'est Beethoven dans les tranchées. »

Nous voilà dûment avertis : la force démoniaque de l'ivresse allemande vient de ce fait monstrueux que toute la musique, la métaphysique, l'idéalisme, la vertu germaniques, au lieu de se dresser contre le nazisme s'y sont précipités tête baissée, le renforçant encore de toute leur propre frénésie.

La « nation soldatesque », comme dit M. Vermeil, forgée par Hitler, où il n'y a plus de « classe », où tous sont esclaves de l'industrie de guerre ou de ses annexes ; où la guerre, la violence, la cruauté, le mensonge utile sont systématiquement prêchés et exaltés ; cette nation en état d'agressivité perpétuelle contre un univers qu'elle entend dominer, cette nation que chaque catastrophe a rendu plus furieuse et plus implacable, c'est toujours cette même vieille Germanie qui, pour avoir, au IVe siècle, débordé les frontières de l'Empire romain et détruit ce dernier, a conservé comme une nostalgie du pouvoir et de la destruction qui ne semble pas encore satisfaite.

L'Allemagne belliqueuse a été toujours, et demeure, l'ennemie de l'humanisme gréco-latin, de la raison française, du christianisme, du libéralisme intellectuel et économique, de la démocratie, du socialisme, de la notion même d'humanité.

Il faut avoir le triste et salubre courage de le reconnaître : il y a dans ce pangermanisme prussianisé, aggravé de racisme, qui a submergé l'Allemagne de Hitler, en révolte contre la morale de la pitié et toutes les libertés humaines, un caractère quasi diabolique.

Heinrich Heine l'avait bien discerné, il y a un siècle déjà. Écoutez ces lignes et dites si nous n'assistons pas à la réalisation de cette cruelle prophétie :

« Le christianisme a su apaiser, en quelque sorte, la passion belliqueuse germaine, mais il n'a pas pu l'extirper, et quand, un jour, ce talisman dompteur, la croix, se brisera, alors s'éveillera, tumultueuse, la sauvagerie indomptée des lutteurs d'autrefois, cette ivresse guerrière furibonde, cette rage folle des Berserkers qu'ont chantées les poètes nordiques.

« Alors, hélas ! viendra le jour où les anciens dieux de pierre se lèveront de leurs débris éteints, ôtant de leurs yeux la poussière millénaire, et Thor, avec son marteau de géant, se dressera devant le monde affolé et jettera en bas les cathédrales gothiques.

« Pensez à moi lorsqu'un jour vous entendrez des craquements sinistres, comme vous n'en avez jamais entendu, et sachez que le tonnerre allemand a enfin accompli son œuvre ! »

Cette régression vers la barbarie, les nazis eux-mêmes l'admettent et s'en font gloire. En 1933, le docteur Haupt déclarait devant quatre mille instituteurs : « On nous reproche de retourner à la forêt vierge. C'est exact. La forêt vierge est le symbole de notre peuple qui vient de la nature, de la forêt. Il a retrouvé ses origines ; il est revenu à son sol natal. Ce peuple primitif ne veut écouter que les forces de la nature. L'Allemagne a quitté la voie de la civilisation occidentale. »

Un autre nazi influent, Junger, a déclaré : « La perfection vise aujourd'hui autre chose qu'autrefois. La façon dont elle s'exprime le mieux, c'est l'art de bien manier la dynamite. En tout cas, elle n'est plus là où l'on se réclame des valeurs spirituelles. »

Et le maître lui-même disait un jour à ses collaborateurs : « Ils me prennent pour un barbare. Eh bien, oui, nous sommes des barbares, et nous voulons être des barbares. C'est un titre d'honneur. Nous sommes de ceux qui rajeuniront le monde. Le monde actuel est près de sa fin. Notre seule tâche est de le saccager. »

On peut dire que nous en savons aujourd'hui quelque chose.

Cet appétit de domination de l'Allemagne, il ne date pas d'hier. Gneisenau le proclamait déjà : « Ce que la Prusse signifie pour l'Allemagne, l'Allemagne devrait le devenir pour l'Europe ; la Prusse devrait un jour embrasser la plus grande partie de notre continent. »

L'Europe « nouvelle », la vraie, la seule à laquelle songent les Allemands, c'est celle-là : une Europe prussianisée, peuplée d'esclaves solidement asservis à la race élue, la race des maîtres. Tout le reste n'est que verbiage, mensonge et propagande. Et quand Hitler, le bon apôtre, ose affirmer, sans éclater de rire devant une si énorme bouffonnerie, que « l'idée raciste nationale-socialiste et la conscience raciale... conduisent, de par la force des choses, à la notion naturelle qui fait respecter la vie et l'essence des autres peuples », nous sommes payés pour savoir ce qu'en vaut l'aune.

Nous ne sommes pas moins partisans que lui d'une Europe, mais pas de la sienne. Nous voulons, nous aussi, que l'Europe se fasse, mais pas son Europe à lui : une libre fédération de peuples égaux, enfin disposés à abandonner au profit du bien commun une parcelle de leur sacro-sainte souveraineté et de leur non moins exigeant et susceptible « prestige », voilà la nôtre, celle qui est en train de naître dans les larmes et dans le sang.

III. L'ÉDUCATION PERVERTIE

Il n'y a pas si longtemps, l'un de mes amis se promenait aux Tuileries avec un tout jeune médecin militaire allemand et se mit à fredonner la *Lorelei* : « Tiens, qu'est-ce que c'est que ça ? » s'exclama le pauvre nazi. Et voilà un homme, un Allemand qui ignorait Heinrich Heine ! Alors que voulez-vous que puisse donner un système d'éducation qui remplace *Lorelei* par *Horst Wessel Lied*, et autres chants de cannibales, à la gloire du sang, de la violence, de la cruauté et de la guerre ?

C'est peut-être en découvrant ce que Hitler a fait à la jeunesse que nous prenons le plus nettement conscience de ce que le système nazi renferme d'inhumanité et de bassesse. Cet attentat permanent contre l'âme enfantine est, pour l'avenir de l'Europe, un désastre plus grave, et surtout plus durable, que les plus vastes destructions matérielles. Les villes seront rebâties, plus belles, plus saines et, on veut le croire, plus fraternelles, mais les âmes, ces millions d'âmes livrées à la corruption du fanatisme et de la haine, seront-elles jamais nettoyées de leur maladie, purifiées, exorcisées ?

L'enfant allemand subit dès avant sa naissance la sollicitude du Parti. Ce n'est pas ici le lieu de révéler ce que l'on devine des aberrations morales auxquelles donne lieu un eugénisme qui veut en fait avant tout appuyer le mythe raciste et accélérer, par tous les moyens, la fabrication en série des guerriers.

Dans les garderies, des bambins qui savent à peine parler, ânonnent déjà le credo de leur futur esclavage :

Nous aimons notre Führer,
Nous honorons notre Führer,
Nous suivons notre Führer,
Jusqu'à ce que nous soyons des hommes.
Nous croyons en notre Führer,

Nous vivons pour notre Führer,
Nous mourons pour notre Führer,
Jusqu'à ce que nous soyons des héros.

À dix ans le gamin entrera dans le *Jungvolk* et aura un bel uniforme : gros souliers noirs, chaussettes noires, short noir, chemise brune avec brassard à croix gammée, bonnet de police ; il a un matricule et un livret, un *Leistungsbuch* où viendront s'inscrire au cours des années tous les renseignements concernant sa carrière, son développement physique, ses hauts faits militaires, les preuves de sa docilité politique.

Un témoin, M. Gregor Ziemer, ancien directeur de l'American Colony School à Berlin, a raconté en 1941 dans un livre terrible, *Education for Death*, une cérémonie d'initiation, au château de Marksburg. Rien n'y manque d'abord de la mise en scène habituelle du culte nazi, ni les fanfares, ni les cris de « Heil Hitler » et de « Sieg Heil », ni les cantiques de la nouvelle religion, le *Deutschland über alles* et le *Horst Wessel Lied*. Puis une garde d'honneur apporte le *Blutfahne*, le « drapeau de sang », teint de celui d'un nazi tué dans la guerre civile, et les garçons se groupent en cercle autour du fétiche. Les candidats au rite magique de cette initiation — il s'agit de pauvres galopins de dix ans — lèvent le bras et jurent : « En présence de ce "drapeau de sang", qui représente notre Führer, je jure de consacrer toutes mes énergies, toutes mes forces, au sauveur de mon pays, Adolf Hitler — je consens et suis prêt à donner ma vie pour lui, avec l'aide de Dieu. Un peuple, une nation, un Führer ! »

Les livres des voyageurs africains sont remplis de

144

récits somme toute comparables et l'on pourrait tout aussi bien placer la scène au Zambèze, en Rhodésie, au fond de la forêt congolaise : il s'agit ici, paraît-il, de la race soi-disant la plus civilisée du monde !

À l'époque de la Saint-Jean, les vieilles fêtes païennes du feu viennent tout naturellement s'incorporer à la liturgie de la jeunesse hitlérienne. On se rassemble de nuit en quelque lieu historique, chargé de mythologie ou d'histoire allemande, autour d'un brasier. « Garçons, disait alors dans l'une de ces cérémonies le chef de l'unité, garçons, voici l'heure sacrée du solstice. En cette heure où la Terre est la plus proche du Soleil (*sic*), nous n'avons qu'une pensée : nous devons nous rapprocher de notre soleil. Notre soleil, c'est Adolf Hitler. Garçons debout ! » Roulement de tambours, le clan, bras levé, s'écrie : « Je consacre ma vie à Hitler, je suis prêt à sacrifier ma vie pour Hitler, je suis prêt à mourir pour Hitler, le Sauveur, le Führer ! »

On aura remarqué l'élément profondément religieux du nazisme. Nous y reviendrons.

En classe, aucune occasion ne sera perdue pour orienter l'âme enfantine vers le fanatisme national, le culte de la force, le mépris de ce qu'on appelle « la morale servile de la pitié », la suprême dignité du métier militaire : « La plus noble profession au monde est de devenir un soldat de Hitler. »

De quatorze à dix-huit ans, l'adolescent fait partie de la *Hitler Jugend*, formation déjà nettement prémilitaire, à la disposition de laquelle, pour l'entraînement des jeunes gens, sont mis des avions, des engins motorisés, des grenades, des fusils, tout le matériel nécessaire pour intensifier une salutaire éducation de la cruauté et le goût du meurtre.

Les filles, dans les *Jungmädel* d'abord, puis dans le *Bund Deutscher Mädchen*, reçoivent un dressage analogue, non moins fanatique, mais différemment spécialisé, et largement orienté vers les devoirs d'une maternité quasi étatisée.

IV. LE MYTHE RACISTE

L'une des pièces maîtresses du système idéologique allemand est, on le sait, le mythe de la race. Mythe qui est, malheureusement pour ses défenseurs, en contradiction absolue avec les conclusions de la science.

Le mot « race » exprime avant tout pour celle-ci un fait matériel, zoologique. La race est donc définie par une association de caractères purement physiques. Taille du corps, forme du crâne, couleur de la peau, etc. Elle n'a, *a priori*, rien de commun avec le peuple, la nationalité, la langue, la culture ou les mœurs.

Tout esprit tant soit peu au courant des résultats de la recherche anthropologique sait trop bien qu'il n'y a ni « race » allemande, ni « race » française, ni « race » juive, ni « race » slave et que les noms des *peuples* actuels n'ont plus aujourd'hui de signification raciale. Une race pure n'existe probablement nulle part, et moins en Europe que partout ailleurs.

Les Allemands veulent cependant se rattacher à un type teutonique, blond, dolichocéphale, grand, mince, placide, courageux, franc, doux et viril. Composons d'après les principaux protagonistes du mythe un portrait d'ensemble : le trouverons-nous aussi blond et placide que Hitler, aussi dolichocéphale et franc que Rosenberg, aussi grand et véridique que Goebbels, aussi mince et doux que Goering, aussi viril et droit que Streicher ?

Le credo du racisme déclare :

1° Il y a des races essentiellement différentes tant par les caractères physiques que par les dispositions spirituelles, morales, religieuses, intellectuelles, culturelles ;

2° Ces races sont hiérarchisées, les supérieures étant normalement appelées à commander les autres ;

3° La première de toutes les races supérieures est la race aryenne, et plus spécialement, la race nordique ;

4° Le mélange des races est nécessairement désastreux.

Autant d'articles, autant d'absurdités.

Le premier confond, volontairement, sous le concept de race, des éléments psychiques et culturels qui n'ont rien à voir avec la définition anthropologique, biologique, de la race, la seule que puisse reconnaître et admettre le savant.

Ensuite, on nous parle de races « hiérarchisées », et, comme par hasard, on nous affirme que l'aryen, et, surtout, le nordique sont seuls prédestinés à la domination universelle sur la foule anonyme des peuples esclaves.

Il n'y a qu'un léger malheur à cette solennelle imbécillité, c'est qu'il n'existe pas de race aryenne ni même, au sens où l'entendent les propagandistes nazis, de race nordique.

Le mythe aryen est une joyeuse invention qui repose sur l'erreur grossière consistant à considérer comme constituant nécessairement une race des gens qui parlent une même langue. Il y a des langues aryennes, il n'y a pas de race aryenne : l'adjectif relève de la seule linguistique.

Quant à la théorie nordique, elle consiste, elle, à choisir dans le passé une prétendue race, d'ailleurs hypothétique, à l'orner de perfections imaginaires, et à en vouloir retrouver la trace aux endroits précis de l'épouvantable salade ethnique de l'Europe actuelle où le pangermanisme a besoin de la découvrir. Théorie fantastique, et qui en arrive à vouloir prouver que toutes les grandes figures de l'histoire, y compris Jésus-Christ et Dante étaient, en réalité, de bons Teutons.

Quant à la prétention d'attribuer aux Nordiques un rôle essentiel dans l'essor de la civilisation occidentale, le moindre traité d'archéologie orientale en fait justice. Les forêts d'Allemagne n'étaient encore peuplées que de quelques rares sauvages et allaient le demeurer pendant des dizaines de siècles encore que déjà le monde égéen, l'Égypte, le Proche-Orient, l'Inde et la Chine avaient des maisons de pierre, des charrues, des temples, des voitures à roues, un système de poids et mesures, une écriture.

Quant à l'affirmation que les mélanges raciaux sont fatalement désastreux, on doit rappeler que les Européens sont eux-mêmes une indéchiffrable macédoine et que la merveilleuse réussite culturelle de la Grèce antique a eu pour substratum ethnique le plus panaché des pots-pourris, groupant des navigateurs venus d'Afrique et d'Asie, des Sémites, des Méditerranéens, des envahisseurs alpins et nordiques.

L'idole raciste joue aujourd'hui en Allemagne un grand rôle. L'affirmation de la race, de la communauté du sang liera tous les Allemands dans un même mystique sentiment d'appartenance au troupeau. Au nom de la race on luttera contre toutes les internationales, et même contre les religions pour tenter de substituer le culte du clan, et l'idole de l'État-Dieu, à l'universalisme chrétien. Au nom de la race on foulera aux pieds l'idée même de justice par des maximes comme celle-ci, empruntée à Karl Schmitt : « Est légal, ce que l'Aryen ressent comme tel. » Au nom de la race on excitera les passions les plus basses, les plus troubles instincts, le goût du sang et de la violence, l'adoration de tous les faux dieux, la Masse, le Nombre, la Force, la Cruauté. Au nom de la race on voudra faire de l'humanité un bétail, livré à une morale de haras, à un idéal de termitière. Au nom de la race on ira jusqu'à exclure, par l'extermination au besoin, de la communauté nationale des groupes entiers que l'on tentera de détruire par la persécution.

On sait que l'antisémitisme nazi est ou veut être la conséquence et l'application d'une théorie : le nazi est antisémite, parce qu'il est raciste. Bien d'autres causes, plus ou moins avouées ou avouables, ont suscité la persécution contre les Juifs : ne serait-ce que l'intérêt ou la passion, en même temps que le besoin de trouver un bouc émissaire pour se décharger de sa propre culpabilité. Mais la raison officielle est une philosophie, une *Weltanschauung*, non moins officielle, que le Reich allemand s'efforce, avec sa brutalité coutumière, d'appliquer et d'incarner, dans les territoires occupés ou annexés, aussi bien que dans son propre territoire. La valeur suprême est la race, à laquelle toutes les autres valeurs : sociales, politiques, morales, religieuses, sont strictement subordonnées. Tout ce qui favorise la pureté et la vigueur de la race est bien ; tout ce qui est ou est présumé nuisible à la race est mal : voilà la morale raciste dans toute sa simplicité barbare. Nous ne dirons pas qu'elle est païenne, pour ne pas insulter au paganisme antique, qui, du moins, a vu briller souvent la lumière de la conscience morale et de ses lois inscrites au cœur de l'homme...

C'est donc à partir du principe raciste qu'on juge de tout le reste : individu, famille, patrie, religion. Le grand théoricien du régime nazi, Rosenberg, déclare que le Mythe du xxe siècle, c'est le Mythe du Sang : le sang, qui est « l'essence divine de l'homme » et « qui représente le mystère qui dépossède et remplace les anciens sacrements ». Ce n'est pas le lieu de raconter le développement des méfaits de cette pseudo-religion basée sur une pseudo-science. Elle a abouti, en particulier, à cette maxime : « Le Droit, c'est l'intérêt allemand » (*Recht ist, was der deutschen Nation nützt*). Frick, ministre d'Hitler, ne l'envoyait pas dire aux juristes allemands assemblés en congrès, le 3 octobre 1933 : « Pour les nationaux-socialistes, le Droit c'est ce qui sert le peuple allemand, l'injustice, ce qui lui porte dommage. » On peut dire que nous nous en apercevons !

Or, non seulement l'antisémitisme racial, mais le racisme tout court ne supporte pas la critique de trois points de vue : religieux, moral et scientifique. Il est inacceptable pour le chrétien, qui doit discerner en chaque homme l'image de Dieu. Il est inacceptable également pour la science morale, car il est inhumain, rejette la dignité et la valeur de l'homme, en admettant qu'il puisse être traité en ennemi passible de destruction. Le racisme offre la forme la plus grossière de matérialisme, singulièrement plus grossière que celle du matérialisme économique. Il correspond à un extrême déterminisme et à une négation de la liberté de l'esprit. Les représentants des races réprouvées subissent la fatalité du sang et ne peuvent espérer aucun salut.

Mais le racisme est encore inconsistant du point de vue purement scientifique. De fait, on l'a vu, l'anthropologie contemporaine considère comme très douteuse la notion même de la race pure. À vrai dire, le racisme relève plus du domaine de la mythologie que de celui de la science.

Le racisme allemand est un particularisme agressif qui cherche à conquérir le monde. Il est un lamentable déchaînement de barbarie et de cruauté.

On le sait aujourd'hui en France où on a vu le racisme à l'œuvre et où tout ce qui a encore un cerveau et un cœur, tout le pays véritable par conséquent, résiste inlassablement aux assauts d'une propagande insidieuse et perfide. Il faut qu'on le sache aussi en Afrique. Il faut, en particulier, que les Africains le sachent, car il y va de leur avenir même. Un raciste conséquent ne peut que mépriser profondément un être qui, comme l'a dit Hitler lui-même, est « par son origine un demi-singe », capable tout au plus, ajoutait-il, « d'un dressage comme pour un caniche et non d'une culture scientifique ». On conçoit quelle servitude attendrait ces « demi-singes », pour qui il ne peut être question que de « dressage », le jour où ils tomberaient sous la domination des aryens nordiques.

Au cours de l'été 1939, un avocat berlinois disait à un journaliste parisien : « Si vous saviez comme c'est agréable de ne plus penser... » Singulier aveu, mais qui explique en tous les cas les prodigieux succès, sur des cerveaux prêts à tout avaler, et heureux d'être violentés par un maître de la propagande.

Le secret n'est pas bien malin. Hitler l'a avoué lui-même : « Il suffit que les mensonges de la propagande soient énormes — *faustdick* — pour qu'on les croie. » Voilà, n'est-ce pas, un berger qui connaît son bétail...

Le but est clair. Il ne s'agit pas, évidemment, pour les nazis, de rechercher la vérité — souci bien périmé et tout juste bon pour des Français, des Anglais, et autres dégénérés —, il s'agit de découvrir, uniquement, l'utile. Nos « réalistes » ne s'embarrassent donc point de vains scrupules ; l'un d'eux nous avoue cyniquement : « Nous ne sommes pas objectifs, nous sommes Allemands. Pour nous, est faux tout ce qui n'est pas utile au peuple allemand. Pour nous, tout ce qui nuit au peuple allemand est un crime, même si c'est la vérité. »

Les principes de cette organisation du mensonge sont faciles à dégager.

1° Parler à la masse et lui assener une pâture préparée, dit Goebbels « pour des millions de cerveaux simultanément » ;

2° Le succès est le seul critère. Il n'y a pas de propagande bonne ou mauvaise. Il y a des propagandes qui réussissent et des propagandes qui échouent ;

3° La propagande ne distingue ni le bien du mal, ni le juste de l'injuste. N'est vrai que ce qu'on fait croire ;

4° On ne s'adressera ni à l'intelligence, ni au bon sens, moins encore à la conscience, mais à l'instinct et aux passions des foules ;

5° Les slogans les plus simples et les plus gros seront les meilleurs. Plus le mensonge sera patent, plus le mythe sera absurde, mieux il « prendra » à condition d'être répété sans cesse, inlassablement.

Au service de ces jolis principes, l'Allemagne hitlérienne dispose d'une formidable organisation, le « Ministère du Reich pour l'Éducation populaire et la Propagande » : on notera que son titre établit, à lui seul, une bien inquiétante identité entre la formation intellectuelle du peuple allemand et la propagande.

Mais il s'agit de délivrer le monde de l'atmosphère irrespirable que les procédés de violence et de mensonge du gouvernement hitlérien veulent lui imposer, nous devrons nous garder de la tentation d'employer les mêmes armes et refuser, fût-il au service de la vérité, d'employer le mensonge, et, également, une certaine vulgarité dans l'injure qui ne saurait certes rien ajouter à la solidité de nos arguments.

VI. LES FAUX DIEUX

On n'a peut-être pas suffisamment insisté jusqu'ici sur le fait que le nazisme est un phénomène proprement religieux, avec ses dogmes, ses rites, ses prêtres, ses fidèles, son rédempteur et son dieu. Nous en avons donné déjà, chemin faisant, bien des preuves.

Écoutez s'il vous en fallait encore, extraites d'une brochure tirée à 180 000 exemplaires, *Gott und Volk. Soldatisches Bekenntnis* (Dieu et Nation. Le credo du Soldat), ces lignes : « Nous vivons dans une époque de décision... L'époque des rêves humanitaires internationaux s'achemine vers la fin et avec elle le rêve d'humanité chrétienne qui, depuis deux mille ans, agite les hommes sans que l'on s'en soit approché d'un seul pas. Race et peuple sont élevés au niveau d'idées sacrées... Deux signes sont aujourd'hui l'un en face de l'autre : la Croix et l'Épée... Le devoir allemand est de déraciner ce qui est étranger à la race... Chacun doit chercher sa propre voie mais que personne ne la cherche à Rome ou à Jérusalem ! L'Allemagne est notre terre promise... Qui croit en Rome ne peut croire en l'Allemagne. Nous ne pouvons pas vivre deux fois différentes. »

M. Friedrich Schmidt nous livre plus brutalement encore le secret de la nouvelle Église : « La philosophie nationale-socialiste considère l'Allemagne comme un adjoint de Dieu pour le perfectionnement du monde. »

Donc : une religion monstrueuse, mais une religion. Et qui vise, bien entendu, à l'élimination des autres, incompatibles avec ses propres principes. C'est assez dire l'effroyable péril que le néopaganisme hitlérien fait courir aux valeurs spirituelles dont tous les Français, croyants ou non, se réclament. Et c'est bien là ce qui confère au conflit actuel ce caractère d'apocalypse que nous lui avons déjà reconnu.

Il s'agit donc, en fait, de bien plus que de délivrer le sol, matériel, de la France. À côté de la patrie charnelle, il y a l'autre qui ignore, celle-ci, toute frontière et qu'il ne faut pas défendre avec moins d'ardeur. À côté du front des armes, il y a celui de l'esprit qui veut, lui aussi, des soldats et sur lequel tous, grands et petits, savants et ignorants, peuvent utilement combattre.

Cet aspect religieux du drame, les nazis et leurs complices français le reconnaissent volontiers. M. Marcel Déat est sincèrement désolé de voir le christianisme dénoncer comme un redoutable paganisme l'appel à la Race, au Sang, au Sol, et à toutes les autres idoles du panthéon totalitaire, et refuser de se laisser emporter par le « torrent mystique — comme il dit — qui déferle à travers l'Europe ». « Il y a, ajoute-t-il, dans le national-socialisme la force conquérante d'un nouvel Islam. C'est une religion au sens le plus fort et le plus total du terme. Et parce que c'est une religion, le christianisme sera dans le courant de cette foi, ou bien sera rejeté par elle... Les dieux vieillissent et meurent, à leur manière, et les jeunes, là aussi, sont sûrs de l'emporter sur les vieux. » Et M. Déat, pour le compte de ses nouveaux maîtres, menace : gare au christianisme, s'il refuse de se rallier à l'Évangile selon Hitler ! Il sera brisé, et piétiné, par l'État totalitaire décidé à en finir avec « une religion décidément trop pénétrée d'éléments judaïques ».

Enfin pour terminer, M. Déat déclare — nous sommes le 20 octobre 1942, notez la date —, parlant du choix entre un évangile fraternel et le credo sanguinaire des nazis : ce choix « est aussi urgent, aussi décisif qu'à Dakar. Et ailleurs, c'est le même ».

Dakar a choisi, contre M. Déat, ses maîtres et ses amis, le christianisme saura lui aussi choisir entre la fidélité et l'apostasie.

Il sait déjà, il n'a jamais cessé de savoir. Les persécutions du Reich contre les chrétiens, catholiques ou protestants, en Allemagne, en Autriche, en Tchécoslovaquie, en Pologne peuvent en témoigner.

Hitler a laissé échapper un jour une parole terrible et qui porte loin : « On est, nous dit-il, ou bien chrétien ou bien allemand, mais on ne peut pas être les deux à la fois. » On peut craindre qu'il n'ait ici, et pour une fois, dit la vérité.

Nous ne voulons pas de la religion hitlérienne, nous ne voulons pas que l'on nous oblige à nous prosterner devant de grossières idoles toutes barbouillées de sang, nous sommes décidés à défendre, par tous les moyens, notre âme et celle de nos enfants, contre les faux dieux.

Nous avons énuméré les principaux articles que nous refusions dans le credo nazi : l'attentat contre la personne, l'esprit de domination, la domestication de la jeunesse, le mythe de la race, l'apothéose du mensonge, le culte sanglant des faux dieux.

Mais il faut ici revenir, avant de conclure, à une remarque que nous avons formulée dès le début. Condamner ce que nous estimons être le mal cela ne peut signifier autre chose que le condamner partout. Et pas seulement chez l'ennemi. Chez nous aussi, quand il s'y rencontre. Fermer hypocritement les yeux sur nos propres défauts et nos propres fautes, ce n'est pas servir la vérité, c'est nous ravaler au niveau de l'adversaire et lui emprunter des armes impures.

Aucune nation n'est sans tache, aucune ne peut, sans la brûlure d'un remords, ouvrir certaines pages de son histoire, aucune ne peut sans sombrer dans un orgueil absurde, se prétendre totalement affranchie elle-même du mal qu'elle dénonce chez les autres, et la parabole de la paille et de la poutre demeure trop souvent de saison.

Et pourtant, nous sentons bien, pour faillibles et indignes que nous soyons nous-mêmes, qu'aujourd'hui nous sommes dans le monde, avec nos alliés, les défenseurs d'un idéal de justice, de liberté, de fraternité. Mais loin de nous enorgueillir de cette haute mission, de cette vocation à tant d'égards redoutable, sachons nous y consacrer dans l'humilité, et, là où il le faut, dans le repentir, afin que notre action soit pure, et, par conséquent, efficace.

Notre ennemi n'est l'Allemagne ou le nazisme que dans la mesure où ce pays et ce régime incarnent des principes contraires à un idéal que nous jugeons supérieur. Notre ennemi véritable, permanent, est, où qu'il se puisse rencontrer, le mal sous toutes ses formes, et, bien entendu, si nous sommes sincères, jusqu'au fond de notre propre cœur.

Le combat qu'il nous faut livrer est donc plus vaste, plus multiforme encore que nous ne l'imaginions. Le reconnaître pour tel, accepter d'ouvrir nos yeux et nos âmes à des perspectives qui dépassent de beaucoup les aspects purement matériels, ou même simplement nationaux du problème, c'est en même temps nous saisir comme acteurs et participants d'un drame séculaire et gigantesque, d'ampleur quasi cosmique, cette lutte éternelle de la Violence et de la Pitié, des puissances de servitude et des forces de libération, du Bien et du Mal, de la Lumière et des Ténèbres. Il n'est pas pour notre vanité, individuelle ou nationale, de sentiment plus salutaire, mais il n'en est pas non plus pour notre volonté d'action — et, s'il le faut, de sacrifice, — de plus exaltant.

Note de l'auteur : Il y a, dans le texte qui précède, moins de guillemets qu'il n'eût dû, en bonne justice, s'en trouver. Des idées, des formules, des phrases même, de-ci de-là, ont été, plus ou moins modifiées, parfois textuelles, empruntées à des esprits appartenant au même climat mental que le nôtre, à Berdiaeff, à Mounier, à Foerster, aux courageux *Cahiers du Témoignage chrétien*, à bien d'autres encore. Ils ne m'en voudront pas, et, s'ils retrouvent un jour ici ce qui leur pourrait appartenir, ils diront, j'en suis sûr, non point : « plagiat », mais « entraide » et « symphonie ».

QU'EN EÛT DIT PÉGUY ?

La Quinzaine nº 1, 5 octobre 1943.

Beaucoup de Français d'Afrique-Occidentale française connaissent, du moins de nom, Gilbert Vieillard, un jeune administrateur des colonies qui était aussi un linguiste et un ethnologue, et à ce point familiarisé avec la vie, les mœurs, la mentalité de ses amis les Peuls que ceux-ci l'appelaient *pullo timudo* (le Peul complet) et qu'ils ont conservé un souvenir à la fois stupéfait et attendri de cet Européen d'un modèle aussi peu banal.

Gilbert Vieillard quittait en même temps que moi, le 2 septembre 1939, l'Institut d'Afrique pour la caserne. Mais lui n'y est jamais revenu. Un de ses amis, le P. O'Reilly, lui a consacré l'an dernier un livre, *Mon ami Gilbert l'Africain.*

On nous y raconte qu'avant son départ de chez lui, lors de sa dernière permission, il avait lu à sa mère d'une voix charmante quelques passages de Péguy sur l'espérance. Le livre était resté longtemps ouvert à cette page-là...

Ce petit volume, on ne nous dit pas d'où il vient, mais moi je l'ai reconnu. C'est celui que nous lisions à haute voix, pour tromper la lenteur des heures d'attente, dans la cour du camp Gallieni. C'est celui que j'ai remis à Gilbert, en guise de viatique, quand il quitta Dakar pour la guerre.

Avouez que le compagnon, pour un jeune caporal français qui allait se faire tuer dans un groupe franc marocain, n'était pas si mal choisi.

Car Péguy demeure un homme qui a un message et qui, obéissant à ses visions, le proclame obstinément, en toute loyauté, sans autre objet que la vérité — qu'elle plaise ou non aux puissants du jour ou aux foules. Il fut un homme qui, comme l'a dit magnifiquement Bergson, « n'eut d'autres soucis que de vivre héroïquement ».

Une œuvre aussi touffue, aussi multiple, aussi indépendante, aussi forte, une âme aussi limpide et aussi généreuse, servie par un style aussi direct, aussi coloré, aussi dru, qui saura fidèlement les interpréter ?

Péguy trouvera-t-il des disciples authentiques, qui auront le droit de se réclamer de lui ? Va-t-il se voir embrigader par de trop habiles et de pas assez scrupuleux exégètes au service d'une foi, d'un parti, d'un régime que, vivant, il eût combattu ?

On peut le craindre à constater l'application avec laquelle les porte-parole de la France officielle depuis deux ans s'acharnent à vouloir monopoliser Péguy au profit de leur propre entreprise.

Péguy sera donc « à la mode », on tentera de le faire passer pour un précurseur de la Révolution nationale, on le citera à tout bout de champ.

Mais ceux qui veulent ainsi placer l'ordre nouveau sous son patronage, au moins le connaissent-ils ? Sont-ils bien certains d'exprimer fidèlement toute sa pensée ? Vous me direz qu'ils ne s'en soucient guère et que ces « réalistes », comme on dit aujourd'hui en Europe, n'ont plus de ces scrupules périmés : ils ont besoin de Péguy, pour appuyer leur domination, ils l'annexent, bon gré mal gré. Et c'est tout.

Non, ce n'est pas tout. On n'a pas le droit de violenter la vérité et de recruter malgré lui, et malgré le témoignage formel de son œuvre, un homme qui fut passionnément individualiste, républicain, socialiste et chrétien, un homme qui a, d'avance, vomi ce qu'adorent nos « réalistes », l'ordre totalitaire, l'esprit de résignation, l'asservissement de la personne.

Quelques courtes citations de Péguy suffiront à prouver combien ceux qui veulent aujourd'hui le monopoliser en France risquent de voir aisément démasquée leur supercherie.

Et l'on comprend ce cri pathétique de Bernanos : « Notre chute prodigieuse n'a pas seulement blessé le monde dans ses illusions, ses préférences, son amour même. Elle l'a blessé dans sa conscience, elle l'a blessé dans son honneur. Ah, Français, Français ! Quand pourrons-nous relire Charles Péguy sans rougir ? »

Ce Péguy, que nous dit-il ?

Lui qui voit dans le conflit « une des guerres de la liberté » et « la vieille résistance à l'oppression », il ne veut pas entendre parler de se rendre : « Une capitulation est essentiellement une opération par laquelle on se met à expliquer au lieu d'agir. Et les lâches sont des gens qui regorgent d'explications... Celui qui ne rend pas une place peut être tant républicain qu'il voudra et tant laïque qu'il voudra. J'accorde même qu'il soit libre

161

penseur. Il n'en sera pas moins le petit cousin de Jeanne d'Arc. Et celui qui rend une place ne sera jamais qu'un salaud, quand même il serait marguillier de sa paroisse. »

La contrainte totalitaire ne fera pas plier les genoux de cet homme libre qui s'écrie : « Je désobéirai si la justice et si la liberté le veut... Il y a quelque chose de pire que d'avoir une mauvaise pensée. C'est d'avoir une pensée toute faite. Il y a quelque chose de pire que d'avoir une mauvaise âme et même de se faire une mauvaise âme. C'est d'avoir une âme toute faite. »

D'ailleurs de quel droit l'État oserait-il prétendre à l'autorité spirituelle ? « Quand donc notre État, dit Péguy, qui a déjà tant de métiers, qui fabrique des allumettes et qui fabrique des lois, qui fabrique du transport par chemins de fer et des règlements d'administration publique, non sans peine et souvent non sans quelque embarras, laissera-t-il en paix définitivement les consciences et comprendra-t-il que ce n'est pas son affaire que de nous fabriquer de la métaphysique ? »

Péguy est profondément, farouchement républicain : « Et nous disons aux jeunes gens : Faites attention. Ne parlez point si légèrement de la République. Elle n'a pas toujours été un amas de politiciens, elle a derrière elle une mystique, elle a derrière elle tout un passé de gloire, tout un passé d'honneur, et ce qui est plus important encore, plus près de l'essence, tout un passé de race, d'héroïsme, peut-être de sainteté... Quand vous parlez à la légère, quand vous traitez légèrement, si légèrement, la République, vous ne risquez pas seulement d'être injustes, vous risquez plus, vous risquez d'être sots. Vous oubliez qu'il y a eu une mystique républicaine ; et de l'oublier et de la méconnaître ne fera pas qu'elle n'ait pas été. Des hommes sont morts pour la liberté comme des hommes sont morts pour la foi.

« Je suis un bon républicain. Je suis un vieux révolutionnaire. En temps de guerre, il n'y a plus qu'une politique, et c'est la politique de la Convention nationale. Je suis pour la politique de la Convention nationale contre la politique de l'Assemblée de Bordeaux, je suis pour la Commune de Paris, pour l'une et l'autre Commune contre la paix, je suis pour la Commune contre la capitulation... Celui qui ne se rend pas a raison contre celui qui se rend, c'est la seule mesure et il a raison absolument...

« Mais quand ces hommes trahissent la France et dans la France la République, j'ai le droit de dire qu'ils ne trahissent pas seulement la France, j'ai le droit de dire qu'ils trahissent la Révolution même et la liberté. Car tant qu'ils peuvent ils s'efforcent d'annuler le seul point d'appui temporel de la liberté dans le monde.

« Brochant sur le tout, ils trahissent enfin tout cela de la manière la plus désagréable du monde, par une trahison morose et sournoise, d'une trahison désagréable, embêtante, solennelle, livresque, pédantesque, prétentieuse, savante, ennuyeuse, ingrate, plate, essayant de tout soumettre aux oppressions plates de la plus obtuse bureaucratie intellectuelle. »

Sur la honte qui s'attache aux capitulations, aux abandons, aux résignations, Péguy revient souvent : « Le fond de ma pensée sur la question d'Alsace-Lorraine, c'est que je n'en veux pas aux Prussiens de les avoir prises. J'en veux à ces misérables Français qui les ont lâchées. Les Prussiens n'étaient que des soldats, des vainqueurs et des conquérants. Ils ont fait jouer la force, la force de la guerre, de la victoire, de la conquête. Mais je méprise et je hais, mais j'en veux à ces misérables Français qui, pour avoir la paix, ont vendu deux provinces et, ensuite, sont allés pleurer à l'Assemblée de Bordeaux au lieu de continuer la guerre. »

L'antisémitisme ne manque pas, lui non plus, de soulever l'indignation de Péguy qui, comme homme et comme chrétien, refuse de hurler avec les loups :

« Pauvre, je porterai témoignage pour les Juifs pauvres. Dans la commune pauvreté, dans la misère commune pendant vingt ans je les ai trouvés d'une sûreté, d'une fidélité, d'un dévouement, d'une solidité, d'un attachement, d'une mystique, d'une piété dans l'amitié inébranlable. Ils y ont d'autant plus de mérite qu'en même temps, en plus de nous, ils ont sans cesse à lutter contre les accusations, contre les inculpations, contre les calomnies de l'antisémitisme.

« Des riches, il y aurait beaucoup à dire. Je les connais moins. Ce que je puis dire c'est que depuis vingt ans le seul de mes créanciers qui se soit conduit avec moi non pas seulement comme un usurier mais avec la dureté, la cruauté d'un usurier de Balzac, n'était point un Juif. C'était un Français, j'ai honte à le dire, c'était hélas un "chrétien", trente fois millionnaire. Que n'aurait-on pas dit s'il avait été Juif ? »

L'Allemagne, Péguy l'a jugée pour ce qu'elle est : « Nous ne nous abusons pas quand nous croyons que tout un monde est intéressé dans la résistance de la France aux empiétements allemands. Et que tout un monde périrait avec nous. Et que ce serait le monde même de la liberté. Et ainsi que ce serait le monde même de la grâce.

« Jamais l'Allemagne ne referait une France. C'est une question de race. Jamais elle ne referait de la liberté, de la grâce. Jamais elle ne referait que de l'empire et de la domination.

« L'avenir, il faut le confier aux jeunes. La vieillesse n'a, en tant que telle, nulle prérogative dans l'ordre politique.

« On me dit : C'est un vieillard. Je dis : Pardon ! Les vieillards ont droit au respect. Ils n'ont pas droit au commandement. Ils ont droit au commandement s'ils savent commander, s'ils sont bons pour commander. Mais ils n'ont pas droit au commandement pour cela seul qu'ils sont des vieillards. Autrement, il suffirait de devenir suprêmement vieux dans n'importe quel ordre pour parvenir dans cet ordre au commandement suprême...

« Rien n'est aussi poignant, je le sais, que le spectacle de tout un peuple qui se relève et veut son relèvement, et poursuit son relèvement. Et rien n'est aussi poignant que le spectacle d'une jeunesse qui se révolte... Rien n'est aussi anxieusement beau que le spectacle d'un peuple qui se relève d'un mouvement intérieur, par un ressourcement profond de son antique orgueil... Mais plus cette rétorsion est poignante, plus il serait tragique de la livrer aux mêmes maîtres des mêmes capitulations... Oui, l'heure est poignante, c'est entendu, et nul ne le sait plus que nous. Mais elle deviendrait aisément tragique si on remettait toute cette nouveauté aux vieilles mains de toutes ces vieilles hontes.

« Tout ce que nous demandons est tellement simple. Nous demandons qu'ils aillent se reposer. Et qu'on ne les remplace pas par des pareils. Nous demandons qu'on ne garde pas les mêmes et qu'on ne recommence pas. »

Voilà ce qu'écrivait Péguy. Et c'est cet homme-là dont oseraient se réclamer les partisans — résignés ou convaincus peu importe ici — de la France européenne !

Mais vous qui avez conservé, ou retrouvé, le droit d'avoir un cerveau et d'en faire usage, dites, sincèrement, d'après ce que je viens de vous citer de Péguy, à qui celui-ci, épargné par les balles allemandes, eût-il aujourd'hui accordé son suffrage : à l'État français ou à la IVe République ?

UNE DEVINETTE
HISTORIQUE

La Quinzaine n° 2, 26 octobre 1943.

Encore une légende, un préjugé de plus, cette idée que le pâtissier n'aime pas les gâteaux, que les pays viticoles ignorent l'alcoolisme et que les bibliothécaires n'ouvrent jamais un livre. En tous les cas, en ce qui me concerne, je ne puis résister à la tentation, chaque fois que je circule dans la bibliothèque de l'Institut d'Afrique, de prendre par-ci par-là un volume, pour picorer. On fait ainsi, parfois, des découvertes intéressantes. Par exemple, le volume dont je vais vous faire quelques extraits, en vous priant de bien écouter et d'essayer de deviner de quoi il s'agit. Et pour ceux qui n'auront pas trouvé tout seuls, je donnerai, à la fin, la solution de l'énigme.

Titre... Non, je ne vais pas vous dire le titre, vous n'auriez plus aucun mérite.

Éditeur : Jeffs, à Londres.

Extraits de la préface : « Au spectacle des abaissements et des douleurs de la patrie, une chose surtout nous étonne et nous pénètre de tristesse. Parmi les

167

hommes qui s'appellent les amis de l'ordre, il en est certainement d'honorables. Cependant plusieurs nous dit-on... blâment, au nom du repos public, quiconque ne reconnaît par le gouvernement issu de cette trahison... Le socialisme est la peste, le socialisme... allait engloutir la France... Il fallait sauver le pays des horreurs du socialisme... Voyons ?... n'ont-ils pas commis tous les crimes qu'ils nous accusaient de vouloir commettre ? N'ont-ils pas violé la Constitution ?... N'ont-ils pas allumé la guerre civile dans leur pays ?... N'ont-ils pas été à la chasse aux hommes, faisant la battue dans les bois... ? N'ont-ils pas restauré l'interdiction du Moyen Âge, défendu, sous peine de mort, de prêter secours aux fugitifs ?... N'ont-ils pas fourni à l'histoire de la lâcheté humaine des listes de proscriptions plus longues que celles d'Octave et de Sylla ?... N'ont-ils pas arbitrairement incarcéré cent mille Français ?... N'ont-ils pas interné, exilé, déporté, mis en surveillance, sans jugement, vingt-huit mille au moins de leurs concitoyens ? N'ont-ils pas... confondu aux bagnes... dans des maisons centrales, les condamnés politiques avec les forçats et les voleurs ?... N'ont-ils pas couvert la France de tribunaux exceptionnels qui, pour cause politique, ont prononcé, en moins d'un an, cinquante-neuf sentences capitales ?... Ont-ils fait cela oui ou non ?... Une partie de la France ignore encore l'étendue de ses désastres et de ses hontes. Étouffée dans les liens d'un immense réseau de police, elle semble n'avoir pas même conscience que la vie s'affaisse en elle et que son honneur coule à pleins bords. Voilà pourquoi nous avons fait ce livre... Quand les visions du cauchemar seront dissipées ; quand la France verra comment on a sauvé la société, la religion, la famille et la propriété ; quand elle verra le chiffre des fils qu'on lui a ravis par l'assassinat et la proscription ; quand elle saura l'énormité des outrages qu'on lui prodigue et le degré d'ignominie où on la précipite, elle se lèvera, transportée d'une sainte indignation, et la horde des vandales aura disparu. »

Dès le premier chapitre on nous dit :

« Les arrestations s'effectuaient avec un incroyable dédain des garanties les plus essentielles d'une société organisée... La liberté individuelle était à la merci... du dernier des sergents de ville... » Un exemple : « Il est d'usage de marquer à la craie rouge les moutons qu'on mène à l'abattoir. Le conducteur de l'un de ces troupeaux avait largement crayonné deux de ses animaux. Des agents de police, que la couleur rouge offusque, trouvent séditieux les deux moutons, et sans autre forme de procès entraînent au dépôt de la Préfecture le pauvre garçon, qui nous racontait à Bicêtre la risible cause de son arrestation... Le 13 décembre, il [M. Deville] était chez lui, occupé de ses travaux scientifiques, lorsqu'il vit entrer le commissaire de police de la Sorbonne, flanqué de deux argousins. Le commissaire lui déclara nettement "qu'il n'était porteur d'aucun mandat d'arrêt ; que néanmoins il le faisait prisonnier, et qu'à défaut de bonne volonté il le mènerait de force à la Préfecture."... On fait journellement des arrestations pour propos tenus. Dans la maison où je demeure, un cocher a été arrêté et déporté pour un simple propos... Sept ou huit jeunes gens étaient réunis pour le réveillon de Noël. Ils portèrent des toasts républicains. Le lendemain, l'un d'eux ne fut plus trouvé chez lui... Les prisons de Paris étaient des sortes d'entrepôts où l'on jetait le butin vivant de la journée. Les noms de tous les suspects subissaient un examen *administratif*, selon l'expression des amis de l'ordre, qui appellent toujours administratif ce qu'ils font de contraire aux lois... La vie, la fortune, la liberté des citoyens se trouvaient ainsi entre les mains de quelques obscurs commis de la police. Les sociétés secrètes fournirent un nombre considérable de victimes... Tous les parquets de France se chargèrent d'instruire la cause des citoyens arrêtés administrativement, de ceux dont leur premier devoir était de requérir l'élargissement, tous les parquets de France se chargèrent de préparer les condamnations sans jugement à des peines que la loi ne reconnaît pas.

« Le système d'arrestation "sur une vaste échelle", que nous avons vu fonctionner à Paris, fut appliqué aux départements dans une proportion non moins effrayante... Des milliers de citoyens ont été entassés dans les geôles sans autre prétexte que leurs opinions... Il a suffi, il suffit encore d'avoir acquis comme républicain la moindre notoriété dans sa ville, dans son village, dans son faubourg, dans sa rue, pour être poursuivi, traqué, emprisonné comme un malfaiteur... Jamais les plus mauvaises passions n'ont pu se satisfaire aussi largement. Les haines personnelles, les jalousies de position, les rivalités de profession se sont donné libre carrière. Chaque homme sans cœur, qui avait une rancune, s'est empressé de l'assouvir, en allant dénoncer son ennemi démocrate... Monnier, jardinier à Brioude, avait donné à son chien le nom de Tony, prénom de M. Rochette, sous-préfet de Brioude. Monnier est arrêté dès le courant de décembre et, après trois mois et demi de prison

170

préventive, il est condamné par la Commission mixte à dix années de surveillance de la haute police.

« Le *Toulonnais* du 20 mars publie le résultat suivant des décisions de la Commission mixte du Var : 5 condamnés à Cayenne, 718 à l'Algérie, 134 expulsés de France, 162 éloignés momentanément du territoire, 471 internés, 140 renvoyés en police correctionnelle, 596 mis en surveillance, 25 traduits devant le Conseil de guerre, 694 mis en liberté. Voilà donc, pour un seul département, 2 945 accusés et 2 251 condamnés.

« 12 mai : On annonce de Crest l'arrestation des trois fils d'un condamné politique de Soyans, le sieur L..., maçon, et de son ouvrier, tous graciés par la Commission mixte, après trois mois de détention. Ils sont prévenus d'avoir fait sculpter le buste en pierre de Ledru-Rollin, avec le nom au bas, en gros caractères.

« La 8e chambre de police correctionnelle vient de condamner à quinze jours de prison le citoyen Jean Guilbert, prévenu d'avoir voulu monter sur la grille placée au pied de la colonne de la Bastille, afin d'y poser un bouquet d'immortelles.

« Le Tribunal de Rouen, nous disent les journaux du 10 novembre, a condamné le nommé Denis à deux ans et le nommé Chenez à dix-huit mois d'emprisonnement avec cinq ans de surveillance, pour crime d'offense publique envers la personne du prince président. En se retirant, les deux condamnés se sont mis à pousser les cris de "Vive la République démocratique !" Le Président les a fait ramener, et a ajouté à la peine deux ans de plus d'emprisonnement.

« Conseils de guerre, commissions militaires, mixtes ou départementales, parquets, juges, délégués, toutes ces ombres de garanties, si complètement illégales qu'elles fussent, n'ont pas servi de frein aux hommes dont le pouvoir momentané déshonore la France. Ils ne respectent pas plus leurs propres institutions que le reste. La décision de tous leurs juges de hasard n'a de solidité qu'autant qu'elle condamne. Vous absout-elle ? Vous n'êtes pas sauvé, vous retombez sous le coup des mesures dites administratives. Le moindre préfet, le plus petit sous-préfet disposent de vous, comme un capitaine de ses soldats et exigent la même obéissance passive.

« Le dernier voyage du Président-Obus a encore donné lieu à une foule de nouvelles arrestations arbitraires. Pour que l'enthousiasme officiel ne pût être troublé, à mesure que le somnolent triomphateur approchait d'une ville, on incarcérait les suspects. Nous lisons dans le *Courrier du Gard*, Nîmes 4 octobre, "Hier et avant-hier, *quelques arrestations* ont été faites dans notre ville. Un *certain nombre* de personnes, placées sous la surveillance de la police... ont été l'objet de cette mesure, *toute de prévoyance*. Nous croyons savoir que leur relaxation aura lieu aussitôt après le départ du prince."

« ... Quelle stupéfaction éprouverait le dernier vagabond des États-Unis, en apprenant qu'en France, dans ce grand pays si fier de sa civilisation, les journaux ministériels notent tout simplement, sans paraître même se douter de l'énormité du fait, que l'on ravit la liberté "d'un certain nombre de citoyens, par mesure de prévoyance" et qu'on les relâchera "aussitôt le départ du prince" !

« À Montpellier un M. Charles Maistre, maire de la

commune de Vilennette, a adressé au chef de l'État un compliment qui est hélas une odieuse parodie de l'oraison dominicale et s'achève ainsi : "Pardonnez-nous nos offenses, lorsque vous serez bien assuré de notre repentir et que nous serons devenus meilleurs. Ne nous laissez pas succomber à la tentation de la cupidité et de la manie des places, mais délivrez-nous du mal, c'est-à-dire des sociétés secrètes, des vices de l'enseignement, des moindres écarts de la presse, des élections de toutes espèces, et continuez à mettre de plus en plus en honneur et à faire mettre en pratique la morale et la religion, le respect à l'autorité, l'agriculture et l'industrie, l'amour de l'ordre et du travail. Ainsi soit-il."

« Un prélat, l'archevêque de Paris, s'exprime ainsi : "À l'heure suprême de la grande crise, un homme que Dieu tenait en réserve paraît... C'est en posant la main sur le cœur de ce peuple qu'il a gouverné. Il a mis sa prodigieuse habileté à comprendre et à deviner au besoin ce qu'il y avait dans ce cœur, et sa puissance à le réaliser... Jamais le doigt de Dieu ne fut plus visible que dans les événements qui... etc, etc."

« Mais pendant que celui qu'on appelle un nouveau Constantin, un nouveau Charlemagne, un nouveau Cyrus, un "génie politique qui administre comme Colbert, exécute comme Richelieu, écrit comme Pascal, règne et gouverne comme Napoléon", se fait proclamer le "Sauveur de la France" et se laisse même qualifier de "Messie" sur un transparent fixé à Paris, boulevard Beaumarchais, le jeune Armand Gauvin, fils d'un ouvrier de Poitiers, qui avait gagné le maquis, fut arrêté pour avoir dessiné dans un chantier sur une pierre de taille un bonnet phrygien et un triangle égalitaire et devait rester un mois et demi en prison.

« Les biens des exilés sont naturellement confisqués : le 26 mai, le citoyen Fagot, du Donjon, réfugié au Piémont, écrivait au citoyen Terrier, condamné à mort, réfugié à Londres : "Mes biens ont été mis sous séquestre et on a tout saisi chez moi, sur la requête du receveur de l'enregistrement, agissant au nom de l'État. On m'a fait dire qu'on allait faire vendre aussitôt ma condamnation connue." Celle-ci ne tarda pas, et Fagot fut condamné à mort, par contumace, par le Conseil de guerre de l'Allier.

« Les municipalités élues sont dissoutes à tour de bras. Le 9 août le préfet du Cantal suspend le Conseil municipal de Saint-Flour "considérant que la réélection des conseillers municipaux qui avaient donné leur démission pour ne pas prêter le serment voulu par l'article 14 de la Constitution est un acte d'opposition scandaleux de nature à affliger les honnêtes gens et qu'il est du devoir de l'Administration de venger immédiatement la morale publique outragée par ces nominations"...

« "Par arrêté du Préfet des Basses-Pyrénées, le Conseil municipal d'Anglet est dissous ; une Commission municipale a été nommée et installée", etc., etc. : C'est un système ponctuellement suivi par tous et partout, chaque jour on apprend de nouvelles exécutions. On peut affirmer sans crainte que le quart au moins des municipalités de France... sont aujourd'hui remplacées par des Commissions préfectorales.

« Les voyages du chef de l'État sont consciencieusement préparés. Nous avons mentionné déjà les arrestations préventives. Le 5 novembre, le préfet de la Haute-Garonne remercie ses fonctionnaires d'avoir "préparé" les cris de triomphe, les trophées et les guirlandes. La claque est bien organisée et les résultats des plus satisfaisants. Jugez-en vous-même : Bordeaux 10 octobre : "Ce voyage marquera dans l'existence de la nation. Jamais libérateur, chez aucun peuple, n'a reçu de pareilles ovations, l'élan des populations est si complet et si entraînant qu'on ne peut se défendre d'une émotion profonde." »

Ni presse ni littérature libres, bien entendu. Et l'auteur, qui écrit à Londres, s'écrie : « Nous vous accusons à notre tour ; ouvrez donc la porte, nous vous en défions ! Que craignez-vous ? Vous insinuez que nous vous diffamons, eh bien ! tant mieux pour vous ! vous le prouverez et vous n'en serez que plus forts. Que d'avantages, d'ailleurs, n'avez-vous pas sur nous ! Nous sommes loin de la France, vous occupez tous les postes ; nous sommes proscrits, vous êtes maîtres du pays terrifié.

« Les peuples, dit-il plus loin, ont comme les individus, des moments de lassitude, des heures de découragement, où ils s'abandonnent eux-mêmes, et une fois asservis par une circonstance quelconque, ils sont forcés de supporter tous les outrages... Cependant, si abattue qu'elle soit encore, comme étonnée de sa dégradation, on la sent frémir dans ses profondeurs... La France, au milieu de ses abaissements, ne peut perdre ses instincts chevaleresques jusque dans la servitude volontaire, elle conserve encore une certaine grandeur, et tout ce qui est vil lui répugne. »

L'auteur écrit en exil : c'est « un lourd fardeau à porter mais... l'on souffre moins d'être éloigné de la Patrie que de la savoir abaissée... Sommes-nous destinés à succomber avant la victoire, nous ne voulons pas nous en inquiéter. Dans les labeurs de l'intérêt général, les individus peuvent mourir à la peine, ils ne peuvent pas sans profit. Le sang des martyrs, si obscurs qu'ils soient, n'est jamais perdu...

« Si peu avancée que soit l'humanité, en serait-elle où nous la voyons, si tant de nos généreux ancêtres morts sur la croix du devoir avaient regardé aux sacrifices pour la cause dont le triomphe nous échappe encore un jour, la divine cause du droit, de la justice et de la liberté ? Mais ce triomphe, nous espérons bien le voir... Nous comptons fermement sur le réveil de notre Patrie... sur le courage des républicains et de tous les gens honnêtes restés en France pour nous en rouvrir les portes. »

Ces exilés au nombre desquels se trouve notre auteur, ils songent à tout, ils songent même aux réparations légales et aux poursuites judiciaires que doit impliquer la délivrance du pays : « Il est clair, par exemple, que les juges qui ont condamné tels ou tels citoyens à un mois, à six mois, à deux ans de prison... pour avoir crié "Vive la République !" sont passibles de dommages et intérêts envers ceux auxquels ils ont fait tort par cette condamnation inique.

« ... De même pour tout membre des Commissions mixtes à l'égard de tous ceux qu'il a condamnés sans droit et sans jugement...

« La justice ordinaire suffit à tout... chaque citoyen lésé pourra donc très légalement, très régulièrement, exercer son action civile contre [celui] qui lui aura causé

"Vive la difference."

dommage par tel ou tel des actes ouvertement contraires aux lois que ces bandits ont tous commis. »

Enfin l'auteur termine son ouvrage en remerciant l'Angleterre de son accueil : « Je me sens de plus en plus pénétré d'admiration pour le rôle de l'Angleterre à l'égard des proscrits, lorsque je songe qu'ils ne trouveraient pas ailleurs à reposer librement leur tête... Les réfugiés ne doivent pas moins de reconnaissance à la presse anglaise. Elle a remplacé la presse française assassinée...elle a prêté constamment la franchise de ses journaux à tous les proscrits pour dire leur pensée. Mais d'Angleterre, l'honneur français ne peut parler ; non pas qu'il n'y ait pas dans tous les pays de l'Europe des presses et des journaux pleins de sympathie pour nous, mais parce qu'ils ne sont pas libres...

« La Grande-Bretagne *seule* garde le flambeau de la liberté échappé des mains de la France, elle seule le conserve à l'univers... » Il n'y aurait pas là des cœurs déchirés à consoler, d'honorables infortunes à protéger, le saint droit d'asile à défendre, je n'y serais pas personnellement intéressé, que par l'unique amour de ce qui est beau, je souhaiterais encore que l'Angleterre ne se départît jamais de sa conduite actuelle. C'est un si magnifique spectacle à contempler ! une nation soutenant à elle seule le choc de la tyrannie...qui sans elle éteindrait pour un moment la lumière en Europe. »

Et le livre s'achève à la 712ᵉ page. J'ai fini ma tâche de fabricant de morceaux choisis. À vous de dire maintenant si ces pages ne vous rappellent rien. Non, vraiment, rien du tout ? Allons, je sais bien ce que vous pensez, mais vous n'osez pas le dire. Je vais vous aider : vous pensez que mon gros livre — 712 pages — a été écrit en 1941 ou 1942, à Londres, par quelque méchant gaulliste, et qu'il n'en saurait être autrement tant tout ce qu'il dit semble s'appliquer à une toute récente et toute chaude actualité...

Eh bien, vous vous trompez. Élève machin, vous aurez un zéro d'histoire et vous me copierez cent fois : « Le livre dont M. Monod nous a fait des extraits d'apparence si prodigieusement moderne concerne une *autre* honteuse période de notre histoire : il s'appelle *Le Gouvernement du 2 décembre*, a été imprimé en 1853 et a pour auteur Victor Schoelcher ».

Cent fois, n'est-ce pas, et... bon courage.

UN « AMI » DE LA FRANCE

La Quinzaine n° 3, 9 novembre 1943.

Il s'agit de M. Max Clauss, ou, comme on dit en Allemagne de tous ceux qui ont fait leurs humanités, du Dr Max Clauss.

Le Dr Clauss n'a qu'une quarantaine d'années. À vingt-trois ans il était rédacteur en chef de la *Europäische Revue*, il est aujourd'hui chef du service de la politique extérieure à la *Deutsche Allgemeine Zeitung*. Il voyage beaucoup ; on le voit à Barcelone, à Paris, à Zürich, à Budapest, à Salonique, à Washington. On le trouve membre, comme par hasard, du Comité franco-allemand d'Information et plus tard, le moment venu, on le voit sévir au groupe Collaboration.

Il a assez largement opéré dans la France de l'armistice pour avoir pu écrire un livre, *Zwischen Paris und Vichy*, qui n'est pas sans intérêt. On y trouve par exemple à la page 177 le récit d'une entrevue que M. Clauss a eue avec Pétain le 8 décembre 1910 : « Je n'attaque pas l'Angleterre, déclare au représentant de la *Deutsche Allgemeine Zeitung* le vieux Maréchal, mais je me défends contre le traître de Gaulle qui est condamné à mort. Cela, chaque Français doit le savoir. Si ce fou et ce traître n'existait pas, on devrait l'inventer pour sauver notre Empire. »

Le 21 mai 1941, le Dr Clauss faisait à Paris, à la Maison de la Chimie, sous les auspices du groupe Collaboration, une conférence intitulée « Le fait continental ».

Cette salle, nous pouvons facilement nous l'imaginer : une brillante assistance, très parisienne. Au premier rang, M. Otto Abetz et M. Fernand de Brinon devisent très amicalement, pendant que le général von Stuelpnagel entretient avec la plus grande cordialité ses deux voisins, l'amiral Bard, préfet de police, et M. Jacques de Lesdain ; voici, tout à côté, M. Robert de Bauplan, M. Jacques Benoist-Méchin, de passage à Paris, M. Alphonse de Châteaubriant, M. Serpeille de Gobineau, M. et Mme Jean Luchaire, M. Marcel Déat et, séparant celui-ci de M. Jacques Doriot, les gens de la *Propaganda Abteilung* et de la *Propaganda Staffel*, les rédacteurs de la *Pariser Zeitung*, le capitaine von Bogart, le lieutenant comte von Pendenwitz, l'inévitable lieutenant Schmitt : Mgr Baudrillart, malgré son âge, avait tenu à honorer de sa présence cette heureuse manifestation de l'esprit européen et de l'ordre nouveau.

21 mai 1941 : l'époque, pour les Allemands et les amis de l'Allemagne, est pleine de raisons d'espérer. La collaboration, acceptée à Montoire, a bien subi, avec le renvoi de Laval, une éclipse. Mais voici la parenthèse enfin refermée. L'amiral Darlan vient d'aller à Berchtesgaden. La veille, 23 mai, il a déclaré : « La collaboration avec le Reich est pour la France une question de vie

ou de mort. Le maréchal Pétain a choisi la vie. » C'était l'époque où, dans un discours violemment anglophobe, il avait affirmé son intention de faire convoyer les cargos français par des navires de guerre, ces cargos sensés ne jamais transporter que du sucre pour les petits enfants de France affamés par le blocus britannique.

Au même moment se posaient en Syrie les premiers avions militaires allemands et, du 12 au 27 mai, la France expédiait pour l'Irak, en lutte contre l'Angleterre, et sur l'ordre des Allemands, 66 camions citernes contenant de l'essence d'aviation, 755 tonnes d'armes et de munitions, 2 batteries de 75, 1 batterie de 155.

Laissons les trains du général Dentz s'engager, camouflés pour la circonstance en trains français, en territoire turc et revenons au brillant auditoire qui s'apprête à applaudir le sympathique Dr Clauss.

Le groupe Collaboration a publié la conférence. Avec une préface de M. Régis de Vibraye.

M. Régis de Vibraye tient à nous dire qu'au Comité franco-allemand il partage avec le Dr Clauss un « même idéal » : « Une Europe harmonieuse et réconciliée, dont la France et l'Allemagne auraient été les guides moraux et spirituels. »

Et voilà qui, s'il en était besoin, nous prouverait à quel point les mots doivent être acceptés non pas tant avec leur honnête sens grammatical qu'avec la signification véritable dont les charge celui qui les emploie. Et ce n'est pas l'une des moindres tristesses de l'heure que de voir des mots, par eux-mêmes anodins, comme le mot « Europe », si profondément contaminés par leur emploi actuel qu'on n'osera plus, de longtemps, les employer sans risques d'être mal compris.

Quand M. Régis de Vibraye nous invite à « transformer notre patriotisme » et à saluer la naissance de la « grande patrie européenne » nous savons bien qu'il travaille pour la Prusse et le nazisme, mais hélas avec des mots qui sont en eux-mêmes très beaux. Car l'Europe, nous y croyons aussi, nous la voulons aussi, nous la ferons aussi. Et il faut qu'elle se fasse. Seulement ce ne sera pas celle de MM. Hitler, Laval ou Quisling.

Le Dr Clauss va nous parler du « fait continental », tour à tour militaire, économique et social.

Il semble au Dr Clauss que « l'esprit européen n'a aucune raison de désespérer. Le patrimoine des siècles passés n'a pas été gaspillé, et la simplification de l'Europe à laquelle nous assistons, ouvrira des ressources inespérées pour une prospérité à venir. Au minimum de pertes humaines dans le *Blitzkrieg* correspond heureusement une limitation relativement grande des pertes matérielles, exception faite du sort malheureux que subissent les îles britanniques, par la faute de l'attitude néfaste du gouvernement Churchill ».

Le conférencier était bien optimiste en mai 1941. Le *Blitzkrieg* économisant les vies humaines ? Mais quand le *Blitzkrieg* trouve devant lui, au lieu d'un Varsovie ou d'un Amiens, un Moscou ou un Stalingrad, quand il engouffre des millions d'hommes et quand il s'éternise durant des années, si l'on voit encore la « guerre », « l'éclair » devient, lui, vraiment bien douteux. Et l'économie de cadavres également.

Le Dr Clauss se trouvait dans les Balkans en mars 1911, juste avant la campagne ; il ne nous dit pas pourquoi. Sans doute en touriste. Mais il nous affirme que les généraux anglais ignoraient « avec dédain la révolution militaire du continent » et que « les généraux serbes, eux, ne savaient rien du tout ».

Qu'en penserait aujourd'hui le Dr Clauss ? La « révolution militaire du continent » invincible au printemps 1941 n'a-t-elle pas connu depuis quelques menues anicroches, Stalingrad, Tripoli, Tunis, Kharkov, Catania, Sninlensk, Naples ou Bastia ?

Le Dr Clauss nous explique ensuite que le front atlantique, « expression de la défense continentale sous une forme toute nouvelle », est « le véritable fait militaire de notre époque. Ce qui ne veut pas dire, ajoute-t-il, que les îles britanniques, dernier refuge de la guerre contre l'Europe, ne seront pas attaquées à fond ». Sans doute, mais M. Churchill pourrait encore redire aujourd'hui à M. Clauss ce qu'il disait aux Français le 21 octobre 1910 : « Nous attendons l'invasion promise de longue date. Les poissons aussi. »

Pour M. Clauss le front atlantique, même africain, même dakarois, tient-il à spécifier, n'a rien à redouter des alliés. Il n'y aura pas de tête de pont africaine pour les Américains. Un « système commun de défense européenne » c'est-à-dire, en langage clair, la participation de la *Wehrmacht* à la défense des colonies françaises empêchera M. Roosevelt d'avoir jamais une autre position que les « infortunées îles britanniques ».

Vous ne trouvez pas que tout cela, rétrospectivement, ne manque pas de saveur ? Et que doit songer, aujourd'hui que les alliés sont partout en Afrique, et même au cœur de l'Italie, et même aux Açores, l'imprudent prophète ?

Après le fait militaire, le fait économique et social.

Petite histoire de la renaissance allemande et de la

décadence française. L'économie française était inféo-dée au marxisme juif et au capitalisme international, également juif : « Un tel état de choses en Europe ne pouvait plus durer. » Mais le Sauveur allait paraître avec la victoire allemande qui permet enfin de faire de l'Europe « le champ d'expérience d'un système de coopération économique organisé ». Organisé au profit de qui ? M. Clauss, très discret, oublie de nous le dire.

Songeant à la culture intellectuelle et littéraire, à « ce monde raffiné et étincelant », M. Clauss ajoute : « En 1941 la civilisation occidentale ainsi conçue n'existe plus. Mais l'Europe n'est pas morte et la vie continue. Est-ce que vraiment notre vieux continent, sous l'impul-sion de l'Allemagne, et cédant au moindre mal en face de l'anarchie communiste, serait en train de devenir une autre Amérique ? »

Et une Amérique dont nous, Français, serions les Sudistes et aurions perdu une guerre de Sécession comme le disait à M. Clauss, en été 1940, à Vichy, un directeur de l'Hôtel du Parc.

Guerre de Sécession, *felix culpa*, défaite providen-tielle, vainqueur béni et bienfaisant, le salut par la débâcle, la régénération dans et par la servitude, la *Wehrmacht* instrument divin de notre juste punition et, si nous sommes sages, de notre résurrection, on voit assez ce que M. Clauss et ses amis français veulent dire.

Ouf, on a eu chaud, et il était temps, mes pauvres amis, que cette bonne, fraternelle et pacifique Alle-magne vînt enfin au secours de cette pauvre Europe et rétablît un peu d'ordre dans cette malheureuse France. Enfin ! c'est fait, le seigneur est venu, il est là : nous voici sauvés !

Et M. Clauss de nous expliquer qu'en somme tout ne va pas si mal, et que cela eût pu être pire : « Quelques villes de France » ont bien reçu des égratignures mais « la France n'est pas détruite et la race française n'est pas plus menacée dans son avenir qu'elle ne l'était à la veille des hostilités. » Et comme le Dr Clauss débite ça sérieusement, sans rire, Mgr Baudrillart applaudit, M. de Brinon sourit d'un air approbateur et M. Déat tire son calepin.

Sans doute un système politique et social s'est écroulé. Tant mieux. Mais « le pays et la nation survivent pour s'intégrer naturellement dans le fait continental nouveau qui, à son tour, est déterminé par les deux facteurs successifs de la guerre britannique et de la victoire allemande ».

Et l'on entend de nouveau applaudir : c'est, cette fois, M. Georges Claude.

M. Clauss parle ensuite de la situation actuelle de la France. Montoire a sauvé l'unité française : « Ce jour-là, on empêcha la défaite de dégénérer en débâcle par l'acceptation du contact spontané entre vainqueur et vaincu... C'est ainsi que j'ai vu le grand militaire, qui n'avait pas voulu cette guerre, l'homme qui avait pris sur lui la responsabilité de demander l'armistice, arriver à la petite gare de Montoire où il fut reçu par M. von Ribbentrop et le *Generalfeldmarschall* Keitel, pendant que le bataillon d'honneur de la *Wehrmacht* présentait les armes. C'est ainsi que j'ai vu, quelques minutes plus tard, le Führer du Reich et le chef de l'État français se serrer la main. Six semaines plus tard j'étais assis en face du Maréchal dans son cabinet de travail de l'Hôtel du Parc et lorsque je lui parlai de l'accueil que venaient de lui faire les populations des grandes villes du Midi et du sud-est de la France, il m'interrompit tout de suite d'un geste net : "Je leur ai bien fait comprendre que nous avons été battus, gravement battus." »

Étrange état d'esprit, étrange conversation aussi entre le chef de l'État vaincu et un propagandiste ennemi. Personne d'ailleurs ne proteste dans la salle : au contraire, et le général von Stuelpnagel, heureux de savoir le Maréchal vraiment *si raisonnable*, en sourit d'aise.

Mais M. Clauss, trop courtois pour insister, a déjà passé au morceau de choix où il décrit à la foule émerveillée de ses courtisans ce qu'il appelle « la liquidation en cours du front méditerranéen ». Il paraît, affirme-t-il très sérieusement, si sérieusement que Mgr Baudrillart en est tout convaincu, que « la guerre s'approche du canal de Suez », que « l'heure est venue où la Méditerranée complétera le fait continental européen... »

Pauvre garçon ! Fait-il encore des conférences européennes aux beaux messieurs et aux belles dames du groupe Collaboration ? Je me demande ce qu'il peut bien leur raconter, aujourd'hui, pour leur faire oublier ses véridiques prophéties de 1941 sur la « liquidation du front méditerranéen ».

Liquidation ? Oui, mais peut-être pas tout à fait celle qu'attendait M. Clauss et son élégante assistance ?

Suivait le couplet de rigueur sur l'Eurafrique et sur la nécessité d'assurer à l'Allemagne — le conférencier dit « l'Europe » mais l'euphémisme ne trompe personne — « le patrimoine de la colonisation africaine ». J'ai constaté moi-même, l'an dernier, au premier étage du Ministère — français — des Colonies à Paris, mais dans les bureaux du *Kolonialpolitisches Amt* du Parti nazi, combien, en effet, « l'Europe » — comme dit M. Clauss — s'intéressait à l'Afrique française.

Et le conférencier termine, comme il se doit, par un couplet à la gloire de la collaboration : « La victoire allemande a ouvert la chance immédiate d'un redressement européen sans attendre la fin de la guerre. De cette chance la France doit profiter à son tour. » D'ailleurs l'amiral Darlan vient de le dire : « La France aura la paix qu'elle se sera faite elle-même. Elle aura, dans l'organisation européenne, la place qu'elle se sera préparée... Il s'agit pour elle de choisir entre la vie et la mort. Le Maréchal et le gouvernement ont choisi la vie. »... « La vie dans la collaboration » ajoute, en matière de conclusion, notre ami Clauss.

Heureuse poule, en a-t-elle de la chance de se voir admise à l'insigne honneur, et au bonheur vraiment presque immérité, de « collaborer » — entre guillemets — avec le renard !

Tout de même, si j'étais la poule et qu'un sage vieillard me vînt affirmer, sans rigoler le moins du monde et tout au contraire sur le ton le plus solennel, quasi religieux, qu'accepter de cohabiter avec le renard, cela s'appelle « choisir la vie », moi, je me méfierais...

EN RELISANT *SIGNAL*

La Quinzaine n° 4, 23 novembre 1943.

Rédacteur en chef : Harold Lechenperg ; rédacteur intérimaire : Hugo Mösslang ; édition : Deutscher Verlag, Kochstrasse 22-26, Berlin, SW. 68.

Le magazine s'appelle *Signal*, édition spéciale de la *Berliner Illustrierte Zeitung*. C'est l'édition française d'un journal qui en a bien d'autres puisque la couverture en annonce le prix dans la monnaie des pays suivants : Belgique, Bohême-Moravie, Bulgarie, Danemark, Alsace-Lorraine, Finlande, France, Grèce, Suède, Suisse, Slovaquie, Espagne, Turquie, Hongrie et États-Unis.

Un des principaux organes de la propagande nazie en Europe. On verra d'autres noms apparaître, plus tard, sur la couverture : Croatie, Serbie, Styrie méridionale, Ostmark.

En France, *Signal* est un magazine extrêmement répandu et, sinon extrêmement lu, du moins extrêmement regardé, car il est farci de belles images. De dangereuses images.

J'ai sous les yeux vingt-cinq numéros de *Signal*, de janvier 1941 à avril 1942. Nous allons, rapidement, les feuilleter ensemble. L'inventaire est instructif, et singulièrement pour des Français d'Afrique, qui vivent loin des réalités européennes et ignorent encore trop souvent à quel effroyable effort d'intoxication sont systématiquement soumis, depuis trois ans, les Français de France.

Janvier 1941. « Le retour du duc de Reichstadt : le fils du Grand Corse revient, porté par des soldats allemands. »

« La victoire à l'Ouest. Une exposition de l'armée allemande à Vienne. » Plus loin : une grande photo de Rotterdam dévastée : « Le visage de la guerre totale : après Varsovie, ce fut le tour de Rotterdam de tirer la leçon d'une défense inutile contre l'aviation allemande. »

« La direction de la politique de la mode en Europe : l'industrie de la mode allemande s'est déjà placée à la tête de la mode européenne... Les deux noms "Berlin" et "Vienne" représentent déjà aujourd'hui des conceptions fixes dans l'entière création de la mode européenne... Ainsi le modèle "berlinois" et le modèle "viennois" créent aussi dans le domaine de la mode ces conditions indispensables au nouvel aspect d'une Europe nouvelle et meilleure. » C'est du charabia, mais on voit où ils veulent en venir : Berlin capitale de l'Europe, même dans le domaine de l'élégance féminine. Comme dirait un de mes bons amis, volontiers un peu trivial : de quoi se « marrer »...

190

Février 1941. Grand article historique : « Pourquoi l'Allemagne et la Russie vont-elles la main dans la main ? »

Page 31 : « Les autres peuples nous ont souvent accusés de militarisme à cause de nos vertus militaires. Ce jugement de la part des autres est pourtant injuste... Le plaisir des Allemands de se savoir armés n'est donc pas un plaisir de militarisme, mais une confirmation naturelle de la nature de l'Allemand qui, née de la profondeur de son âme, fait partie de sa conception de la liberté. » Encore un drôle de charabia...

Mars 1941. « La sûreté du goût : jusqu'ici Paris a été l'œil du monde dans le domaine de la mode... Il y a cinq ans qu'un expert étranger de la mode internationale disait : "La mode parisienne doit passer par Berlin avant qu'une femme de goût puisse la porter." Aujourd'hui, le rôle que joue Berlin comme centre de la mode européenne est devenu plus important encore. Ce n'est pas seulement une conséquence de la guerre ; le développement de la mode et de la culture en général ont prescrit le chemin que Berlin a suivi : la création de la mode européenne... » Et ils vendent ça par dizaines de milliers d'exemplaires dans les rues de Paris et sans la moindre crainte de se rendre ridicule, encore !

Avril 1941. À Paris, l'ambassadeur d'Allemagne Abetz reçoit. Un cadre somptueux. Des toilettes. Et du gratin « très parisien » : de vrais Allemands, le consul général Schleier, le colonel Speidel, les actrices Gisela

Uhlen ou Else Peterson, ou des amis des Allemands, Germaine Lubin, Edwige Feuillère, Serge Lifar.

Mai 1941. « Deux pays balkaniques ont pris leur décision : la Bulgarie n'est pas seulement restée fidèle à l'ancienne fraternité d'armes, elle a aussi compris le signe des temps... elle s'est jointe au front des puissances qui reconstruisent l'Europe... »

Yougoslavie : « Il n'y a qu'une réponse à cette menace : les armes !... Une capitulation sans conditions et la fin d'un État, voilà les fruits d'une politique anglophile et europhobe. » « Europhobe » est assez rigolo, et comme mot et comme sens.

Tout n'est pas absurde dans *Signal*, tout n'est pas absurde en Allemagne. Il faut savoir le reconnaître. Et un bon article sur les futures cités jardins d'Europe et l'évolution de l'alimentation européenne est à signaler — sans jeu de mots : la consommation des légumes et des fruits croît sans cesse, aux dépens de celle de la viande ; celle des jus de fruits prend une importance énorme. Qui sait si les Français eux-mêmes ne finiront pas par découvrir qu'on peut avec les fruits faire autre chose que de l'alcool ?

Maintenant, quand M. Lehnau nous affirme qu'il y avait en Allemagne, en 1938, plus d'hommes employés dans l'horticulture (700 000) que dans l'industrie des armements, on voudrait bien connaître le détail du calcul.

Juin 1941. « La résistance de l'adversaire aux Thermopyles a été brisée... Un spectacle mémorable : au-dessus des colonnes millénaires de l'Acropole flotte le drapeau de la jeune armée allemande. » Et un fac-similé nous montre une lettre des notables d'une ville grecque à Hitler « pour manifester leur sentiment de profonde reconnaissance à Votre Excellence, chef suprême de la glorieuse armée allemande. Ils s'engagent à conserver à jamais leur gratitude éternelle pour la politesse exquise et la conduite vraiment chevaleresque... des braves troupes d'occupation ». Comme quoi ce n'est pas qu'en France qu'il y a des amis de l'ennemi.

Grand article : « Qui peut diriger l'Europe ? » par le Dr Rudolf Fischer. Vous avez deviné la réponse, évidemment.

Photos d'avion allemand au-dessus de l'Acropole : « Les édifices que Périclès a élevés, jadis témoins de l'esprit supérieur et de l'idéal de la beauté grecque, le sont encore aujourd'hui de l'événement unique de notre époque. Les moteurs chantent, et tout en bas l'inoubliable tableau se déroule, passe et coule. En avant, toujours en avant ! Une volonté de fer les pousse, mais la gloire éblouissante reste qui s'attache au frémissement de leurs ailes, et la Victoire les suit. »

Reportage en Grèce : Athènes dans la paix nouvelle, par Enno W. Müller-Waldeck de la *Propaganda Kompanie*. Les Grecs sont enchantés : « Les soldats allemands sont aimables et distingués — *tiens, cela ressemble au "très corrects" de nos collaborateurs de 1940*. Nous aimons les Allemands... » Le général Tsolacoglou, président du Conseil, a bien appris sa leçon : « Puissante protection du Reich allemand... bienveillance du Führer... grandioses performances de l'armée allemande... géniale direction du Führer... irréprochable attitude des troupes allemandes d'occupation, etc. »

Rien n'y manque. L'élève Tsolacoglou aura un sucre d'orge, et même, s'il continue à être sage, une croix gammée en pâte d'amande.

Juillet 1941. « Société des Nations ou Communauté des Nations ? L'absurde idée d'une armée de la Société des Nations. » Sous le pathos habituel sur l'Europe et la « nouvelle Communauté des Nations » perce un fameux bout d'oreille : « Les puissances de l'Axe, en tant que nations spirituellement et politiquement dirigeantes de la nouvelle Europe, etc. » On s'en doutait un tantinet, mais il est bon de se l'entendre redire et par M.F.W. von Œrtzen : Europe, pour eux, = Allemagne.

Août 1941. *Signal* se décide à parler de l'agression du 22 juin : « Heure solennelle dans l'histoire de notre planète que celle où l'Allemagne se décida à entrer en lutte contre l'Union soviétique et le bolchevisme. » Suit le couplet que l'on connaît, et qui sert encore, sur l'Allemagne se sacrifiant en Russie au bénéfice de tous les peuples de l'Europe : « Dans tous les pays de la Terre, affirme sans rire le propagandiste, on apprit avec joie que l'Allemagne avait la force et la hardiesse de régler ses comptes avec le vieil ennemi de l'Europe... » La hardiesse — ou plutôt la présomption — peut-être, mais la force ?

Page 8 : « La Méditerranée fermée à l'Angleterre... » Non, sans blague ?

Signal n'indique plus sur sa couverture qu'il ne s'agit que de la *Berliner Illustrierte Zeitung* traduit en français. Craindrait-il de passer pour un journal allemand en français ? Et croirait-il, même déguisé de la sorte, parvenir à tromper même le Français le plus obtus ?

Grande annonce pour le Central Hôtel à Berlin, récemment perfectionné par l'aménagement d'un « étage de l'Allemagne », où chaque chambre porte le nom et l'image d'une ville du Reich.

Annonce pour la Dresdner Bank : « Succursales dans toutes les parties de la Grande Allemagne ».

Photos de Maurice Chevalier en Allemagne, chantant « Y a d'la joie » dans un camp de prisonniers. Le cabotin, hélas, a toujours l'air aussi vulgaire.

Février 1942. L'hiver en Russie est atroce, les Allemands lâchent quelques aveux à retenir : « La machine militaire des Soviets s'est montrée pire qu'on ne la redoutait et... n'a pu être détruite dans une seule campagne d'été. Cependant l'armée allemande a déjà gagné plus d'un round à l'Est et ce n'est point trahir un secret militaire que d'avancer qu'elle rentrera dans le ring après le repos imposé par l'hiver et y abattra définitivement les bolchevistes. »

Le Transsaharien : « Le gouvernement du maréchal Pétain a terminé les premiers cent kilomètres du Transsaharien... Le Transsaharien est d'une importance vitale pour toute l'Europe. »

« Pour l'Europe... Légion des volontaires français contre le bolchevisme. » Un reportage en Russie. Photo de Jacques Doriot. « Une des plus remarquables particularités de notre époque, si riche en événements cependant, est de voir des Français, vêtus et armés comme les soldats du Reich, combattre côte à côte avec les Allemands. »

Mars 1942. « Si jamais quelqu'un a eu au monde le droit de se donner le titre de défenseur de la liberté, ce sont bien les soldats allemands et leurs alliés. » Le papier est tout de même un objet docile : il supporte tout...

« Les Fils du Ciel : la Chine attend l'Ordre nouveau... »

Et partout de la publicité commerciale, bien entendu : les jumelles Hensoldt, les armes Mauser, les machines Vögele à faire les routes, la machine à écrire Olympia, Société Anonyme Paris, 29, rue de Berri, mais construite par Olympia Büromaschinenwerke, Erfurt.

Et naturellement : « Apprenez à bien connaître l'Allemagne... Ce pays nouveau : l'Allemagne d'Adolf Hitler... Chaque jour la presse et la radio divulguent son nouveau visage... Allez voir les films allemands... Le film allemand marche en tête de la production européenne... »

Avril 1942. « Ce fut le général Hiver : ils l'ont subi, ils l'ont vaincu... »

Avril 1942... Un bien mauvais printemps. Singapour est tombé, les Indes néerlandaises sont perdues, la Birmanie va l'être, Ceylan va être attaqué. En Afrique, Tobrouk va capituler et Rommel sera le 1er juillet à cent kilomètres d'Alexandrie. En Russie les Allemands approchent du Don, en attendant le Caucase, la Volga et, presque, la Caspienne. En France, le 18 avril, Laval, celui qui avouera bientôt : « Je souhaite la victoire de l'Allemagne », revient au pouvoir. L'horizon est encore bien chargé, bien noir.

L'été se passe. L'automne commence, et les ténèbres de la nature s'ajoutent, implacables, à ceux des âmes. Début novembre, à Vichy, dans ma chambre d'hôtel, je regarde tomber la pluie en essayant de m'intéresser à un gros livre d'océanographie.

Le 6 novembre, je suis à Alger et dans la nuit du 7 au 8, une canonnade, inexplicable encore, me réveille. Le lendemain matin, la proclamation Giraud nous éclaire et le spectacle, rue de Constantine, des S.O.L. allègrement coffrés par des civils armés avec la complicité de la police municipale n'est pas moins significatif.

Allons, voici, enfin, du nouveau.

Le 8 novembre aura été, dans l'histoire de la guerre, une grande date. C'est un anniversaire qu'il ne faut pas oublier et auquel tous ceux qui veulent la libération de la patrie et du monde auront pensé hier. Dans la gratitude et dans l'espérance.

MICROS EN GUERRE

La Quinzaine n° 5, 13 décembre 1943.

On se souvient des touchantes allocutions de M. Ferdonnet à ses « chers auditeurs français ».

On connaît le schéma — prodigieusement habile — de son argumentation : la France ne peut que perdre à s'associer avec l'Angleterre. Elle risque de descendre au rang de colonie. Preuve en soient les différences qui séparent les deux armées : vêtements, soldes, etc. Et devant cet « allié » plus riche, que pèsera la vertu des femmes, de « vos » femmes, tenait à spécifier la voix de Stuttgart aux soldats français. D'ailleurs l'Anglais n'est pas et ne sera jamais un soldat. À quoi bon faire la guerre pour lui et pour une ploutocratie française qui n'attaque une Allemagne socialiste que pour mieux défendre ses propres privilèges ?

Propagande absurde, sans doute. Propagande redoutable, certainement, et, on a pu le constater, efficace.

Un ouvrage anglais, paru en 1943 et consacré à la guerre des ondes, vient de publier, sous le titre « L'attaque en français », une carte de l'offensive radiophonique allemande de 1940. Pendant que les *Panzerdivi-sionen* se ruaient à travers nos campagnes, un mascaret invisible et sonore, non moins dangereux, déferlait sur la France, sur assez de longueurs d'ondes pour déborder nos brouillages, et assez puissant pour se faire entendre presque de force d'un bout à l'autre du pays. Voici les bases de départ : Deutschlandsender, Zeesen, Leipzig, Stuttgart, Bremen, Hamburg, Frankfurtein, Saarbrücken, voici, en renfort, les stations secrètes Voix de la Paix et Réveil de la France, puis, au fur et à mesure que l'offensive se développe, l'appoint imédiat de tous les émetteurs capturés intacts ou réparables : Hilversum le 14 mai, Bruxelles le 18, Luxembourg le 21, Radio-Paris le 14 juin ; entre-temps, à partir du 10, Rome venait à la rescousse.

Ce que roulait ce torrent de mensonges, on le sait assez.

Il s'agit d'abord d'*effrayer*, de paralyser la victime par la seule apparence d'un assaillant invincible, barbouillé comme un sauvage de sang et de cinabre, et qui fait craquer ses dents en roulant des yeux courroucés.

Il faut ensuite *désunir*, dissocier, séparer. Et pas seulement les corps d'armée ou les territoires. Les âmes et les esprits aussi.

Il faut enfin se hâter *d'accuser, d'avance, l'ennemi de tous les crimes que l'on est soi-même en train de commettre...* Phénomène que les psychanalystes connaissent sous le nom de « projection » et dont Frédéric le Grand était coutumier lorsqu'il dénonçait si furieusement ceux-là même contre lesquels il complotait secrètement.

Le contenu réel de cette prodigieuse machine de

guerre psychologique, on peut aujourd'hui le connaître. Déjà d'utiles recueils ont été compilés où nous glanerons de-ci de-là quelques phrases. Ce sont là des choses sur lesquelles les Français d'Afrique ont peu de renseignements.

15 mai 1940, *Radio allemande*, 21 h 15 : « Depuis le début de la guerre nous n'avons cessé de vous convaincre que vous avez été précipités dans le présent conflit par la Grande-Bretagne qui avait besoin de vos bras, vos corps et votre sang pour défendre la côte anglaise... La Pologne, la Finlande, la Norvège, la Hollande et la Belgique sont tombées victimes de la trahison anglaise... Le moment crucial est arrivé, le moment où vous devez cesser le feu. »

17 mai 1940, *Radio allemande*, 20 h 36 : « Louvain est tombé, vers le soir les troupes allemandes sont entrées à Bruxelles. Le destin s'est accompli. La panique règne à Paris... L'armée française reflue en retraite... Ils doivent maintenant se sentir bien bêtes les messieurs qui se moquaient d'une Allemangne jugeant les canons plus importants que le beurre... Ils commencent à comprendre que pour qui a les canons le reste suit et que nous en Allemagne aurons d'autant plus de beurre qu'il commence à disparaître des tables des puissances occidentales. »

20 mai 1940, *La Voix de la Paix*, station allemande s'adressant à une organisation imaginaire en France : « Les officiers qui ont reçu nos instructions personnellement et en qui nous avons toute confiance doivent exé-

cuter nos instructions à la lettre. Les soldats se trouvant encore dans des villes non occupées par les Allemands doivent s'assurer que les noms de tous les opposants à notre mouvement sont signalés aux chefs de groupe... Tous les chefs de groupe doivent se tenir constamment en alerte et prêts à exécuter l'ordre n° 202 aussitôt que les instructions seront données. Nous avons tenu hier... une importante réunion quelque part en France. Les patriotes de la Révolution nationale ont pris une grave décision, etc. »

28 mai 1940, *Radio allemande* (de Bruxelles) : « Maintenant les Anglais vous appellent à leur secours. Maintenant vous avez perdu vos alliés hollandais et belges. Vous avez perdu un cinquième de vos... troupes et plus encore de votre matériel moderne... Si vous tenez à continuer la lutte cela impliquera un terrible carnage se terminant par la destruction de la France et du peuple français. »

6 juin 1940, *Radio allemande*, 21 h 15 : « Ne croyez pas au secours britannique. Les Anglais se sont retirés dans leur île, vous abandonnant à votre sort et le seul miracle qui puisse se produire serait la fin du massacre et la conclusion d'une paix immédiate. »

7 juin 1940, *Radio allemande*, 12 h 45 : « Auditeurs français, la nouvelle offensive est déclenchée, le sang recommence à couler. »
20 h 15 : « Les Anglais ont quitté la France, qui reste seule devant les Allemands. Beaucoup de vos soldats ont été tués, blessés ou sont portés disparus. Si vous per-

sistez à combattre, cela continuera. À vous de décider ! »

21 h 15 : « Les armées allemandes poursuivent leur
marche triomphale à travers votre pays ! Votre ligne
Maginot a été tournée ! Votre armée a été débordée !
L'armée allemande est irrésistible ! L'heure fatale a
sonné et tout ce que vous pouvez faire pour prévenir
l'agonie finale de votre pays est de céder. »

10 juin 1940, *La Voix de la Paix*, 21 h 45 : « La Voix
de la Paix n'a jamais diffusé de fausses nouvelles... Tout
Paris est menacé d'empoisonnement parce que des
membres de la 5e colonne sont parvenus à empoisonner
de nombreux réservoirs d'eau potable... Paris sera-t-il
un autre Varsovie, ou sera-t-il un Bruxelles ? Nous
devons sauver Paris comme Bruxelles fut sauvé.
Devrons-nous voir notre capitale détruite, Notre-Dame,
la Sainte-Chapelle, le Louvre en ruine, le sang de nos
femmes et de nos enfants couler sur les pavés ? »

11 juin 1940, *La Voix de la Paix* : « Paris est en
flammes. Il a été bombardé sans répit par les Allemands
avec des bombes incendiaires. L'eau, le gaz, l'électri-
cité sont coupés. Nous avions raison hier soir de vous
conseiller sauve qui peut ! Reynaud le bandit et Mandel
le meurtrier s'enfuient avec tout le gouvernement. Tout
est perdu ! »

12 juin 1940, *Radio allemande*, 20 h 15 : « Auditeurs
français, l'heure est venue pour le peuple de France
d'élever la voix, de descendre dans la rue et de réclamer
la paix à grands cris. La situation est désespérée. Le seul

203

moyen d'éviter que la dévastation ne continue est d'obliger votre gouvernement à faire la paix. C'est en fait un gouvernement qui ne mérite plus aucun respect de votre part. Il a lâchement quitté Paris, bien qu'il ait proclamé qu'il défendrait la ville pierre à pierre. »

11 juin 1940, *Réveil de la France*, 21 h 30 : « Il est criminel et insensé de défendre Paris et de le faire détruire. Paris doit être déclaré ville ouverte. La Révolution nationale sauvera Paris comme les Belges ont sauvé Bruxelles — malgré le meurtrier Reynaud. »

13 juin 1940, *Radio allemande*, 20 h 15 : « Auditeurs français, une seule semaine d'offensive allemande a suffi à annihiler la ligne Weygand et à amener les Allemands aux portes de Paris ! Vous êtes seuls et resterez seuls. »
21 h 15 : « Si vous avez conservé si peu que ce soit de cette logique et de ce bon sens dont vous êtes si fiers, vous comprendrez maintenant que la seule chose à faire est de poser les armes. »

16 juin 1940, *Radio allemande*, 21 h 15 : « Français, vous avez été trompés. Daladier, Reynaud, Mandel, Frossard et tous leurs acolytes se sont ligués pour vous mentir. Ils vous ont tenu la tête dans les nuages et les pieds dans la boue... Qu'attendez-vous ? Pourquoi ne pas réduire au silence une fois pour toutes tous vos chefs trompeurs ? »

17 juin 1940, *Radio allemande* : « Vous avez besoin de sommeil et de repos. Des troupes fraîches allemandes

vous obligent sans cesse à des combats épuisants. Il n'y a pas de répit... Le Reich, qui n'a pas l'intention de se venger de votre malice, vous laissera une place au soleil. Hitler n'a pas besoin d'un super-Versailles. Mais la patience a une limite. N'attendez pas que la sienne soit à bout... Votre faiblesse a scandalisé le monde entier. À partir de maintenant chaque jour qui passe sans que vous demandiez la paix est un péché contre la France. Le poids de ce péché se fait extrêmement lourd. Prenez garde ! »

22 h 15 : « Le Führer a annoncé qu'il va conférer avec le Duce et qu'ils informeront Pétain des conditions des négociations... Peuple français, ce n'est pas tant vous qui êtes vaincu que les forces du mal qui se sont abritées derrière vous... »

Arrêtons sur cette dernière phrase cette douloureuse anthologie de la fourberie et de l'habileté allemandes. Mais transformons-la, car il y fallait ceci : « Peuple français, autant que par la force c'est par les forces du mal qui se sont abritées derrière vous que vous êtes vaincu. »

Car tous ces slogans de l'offensive psychologique allemande, la dénonciation de l'alliance anglaise, la générosité du vainqueur, la nécessité de mériter ses bonnes grâces, les vertus d'une capitulation régénératrice, tout cela, et le reste, ce n'est pas seulement, si j'ai bonne mémoire, la propagande nazie qui nous les a, inlassablement, prêchés...

Et vous aurez comme moi remarqué que c'est pour la première fois dans une émission allemande qu'apparaît le mot même de « Révolution nationale »... Fâcheuse façon de venir au monde...

VERS UNE FRATERNITÉ
FRANÇAISE

La Quinzaine n° 6, 28 décembre 1943.

Que disait, dans la nuit de Bethléem, le chant des anges planant, triomphant et consolateur, sur l'émoi des bergers ? On le sait : « Gloire à Dieu au plus haut des cieux, paix sur la Terre parmi les hommes... »

Quelle vision, quel programme, quel idéal ! Quel appel au surnaturel « quand même » de l'espérance, obstiné à persévérer inlassablement, malgré tous les démentis du réel, dans l'attente d'une humanité enfin humanisée.

Chaque époque a peut-être un peu trop tendance à se considérer comme le point culminant d'une évolution séculaire, comme le moment crucial de l'histoire du monde. La méprise est excusable.

Aujourd'hui, toutefois, il me semble difficile d'exagérer l'ampleur de l'enjeu d'un conflit de caractère quasi apocalyptique. Nous sommes vraiment, aujourd'hui, en plein mitan d'une de ces périodes révolutionnaires pendant lesquelles, et pour un peu de temps seulement, un monde malléable va se laisser pétrir au gré de ceux qui auront su, d'avance, penser la forme où, demain, « prendra » un cosmos encore en fusion.

Des changements profonds peuvent atteindre, *doivent* atteindre demain la structure sociale d'un système exclusivement fondé jusqu'ici sur la notion de profit, et de profit individuel.

La France elle-même, sans rien renier de ce qui fait la grandeur de sa tradition spirituelle, devra courageusement, héroïquement peut-être, accepter les conditions d'un renouveau qui ne soit pas, une fois encore, derrière l'écran pompeux et complice des slogans, systématiquement saboté par l'égoïsme ou la haine.

Sur la nécessité, sur l'urgence d'une reconstruction, d'une renaissance, d'une résurrection, les Français sont tous d'accord. Cela ne suffit point encore. Il faudra préciser.

Définir ce qu'un grand pays ne veut plus voir, qui accepte pour devise trois mots prestigieux qui ont abrité, eux aussi, hélas, bien des férocités et bien des scandales, est relativement facile : il y a tout de même, de loin en loin, peut-être des leçons qui ne sont pas perdues.

Mais un autre labeur attend notre peuple avec la partie positive de son programme de refonte nationale, et de refonte qui, pour être efficace et autre chose qu'une criminelle et suprême duperie après tant d'autres, devra pousser des racines très avant, trop avant au gré de beaucoup, jusqu'au fond de ce que précisément nous voudrions tant lui refuser pour le conserver disponible et indocile : notre cœur.

Cette France de demain, que nous voulons voir remonter de l'abîme plus belle, plus pure, plus propre, plus saine, sentant moins fortement l'alcool, et fréquentant moins assidûment des mauvais lieux officiellement patronnés par l'État, il est grand temps de la définir.

Il serait absurde de compter une fois de plus, en pareille matière, sur nos brillantes qualités d'improvisateurs et de « débrouillards ». Soyons sérieux : il y va de l'avenir du pays et il ne s'agit pas, pour une fois, de tricher à la douane ou de tromper le fisc.

La France qui va naître, il faut la préparer, lentement, tendrement, gravement : peut-on apporter trop de soins, trop d'intelligence, et trop d'amour à pareille œuvre ?

Bien des hommes déjà, et un peu partout, apportent à une méditation qui doit se prolonger en apostolat le meilleur de leur expérience et de leur foi, de leur connaissance du réel et de leur inextinguible espérance.

Par-ci, par-là, en France d'abord, où sont, ne l'oublions jamais, la quasi-totalité des Français et où l'on aura plus que partout ailleurs voix au chapitre, mais également aussi au Levant, en Égypte, en Angleterre, aux États-Unis, en Afrique du Nord et même — qui l'eût cru ? — au Sénégal...

Le fait mérite qu'on s'y arrête, d'abord parce que le moins qu'on puisse dire est que l'Afrique coloniale ne nous a pas habitués jusqu'ici au spectacle d'une activité intellectuelle bien exubérante. Ensuite parce que les pages sur lesquelles je veux attirer spécialement votre attention méritent pleinement celle-ci, par la somme de méditation patiente et réfléchie qu'elles représentent, par son accent de parfaite sincérité, par la simplicité du ton et le dépouillement volontaire d'un style qui ne vise certes ni à l'éloquence ni à la littérature.

Pour une fois que l'on peut lire quelques pages limpides qui soient autre chose qu'un plaidoyer pour une chapelle, ou une attaque contre celle d'à côté, un texte sans roublardise, sans fanatisme, sans méchanceté et sans niaiserie, je vous assure que cela fait plaisir.

Mais peut-être serait-il temps de satisfaire votre curiosité et de vous dire qu'il s'agit — malgré son format — d'une « brochure » parue à Dakar il y a quelques semaines, écrite de décembre 1942 à août 1943 et intitulée : « Pour un régime de fraternité française », avec, en sous-titre : « Message d'un groupe de patriotes ».

Le document se divise en trois parties : « Condition de la renaissance politique de la France », « Choix d'un principe moteur », « Quelques aspects doctrinaux d'un régime républicain fraternitaire ». Un résumé des principes exposés constitue, en vingt articles, la « Charte fraternitaire française ».

Enfin une annexe renferme un essai d'application des principes fraternitaires aux formes politiques, économiques et sociales d'une France ayant accepté ces derniers. Il ne s'agit là que d'un exemple, sur bien des détails duquel une libre discussion devra légitimement s'instaurer, encore que les termes de ce programme soient de poids singulièrement différents : la durée prévue par exemple sous le titre : « Suppression de la misère » n'a peut-être pas une identique importance...

Ai-je remarqué que le document fraternitaire était anonyme ? Je connais trop bien mes compatriotes pour ne pas être certain que plusieurs seront incapables de s'attacher à la valeur intrinsèque d'un message et de juger ce dernier sur son seul contenu, tant ils sont solidement acquis à la stupide habitude de ne plus voir les opi-

210

nions qu'à travers ceux qui les professent, décidés à accepter ou à condamner, non point parce que ceci ou cela leur semble vrai ou faux, mais parce que ceci ou cela a pour auteur un Monsieur qui est de leur boutique ou de celle d'en face. Attitude singulièrement puérile et inintelligente, attitude indigne d'hommes qui s'imaginent libres, attitude cependant trop répandue.

Si l'on ne peut, faute de le connaître, juger d'après l'auteur, et au besoin sans avoir lu, on pourra tout de suite soupçonner les plus noirs desseins : tant de franchise, tant de générosité si loyalement exprimées, cela doit dissimuler quelque inavouable machination. Le texte, qui nous connaît tels que nous sommes, nous répond :

« Nous avons conscience de courir ici un risque grave, c'est que les pensées qui nous ont inspirés dans ce tracé d'un ordre économique fraternitaire soient déformées, ou que l'on nous prête nous ne savons quels calculs...

« Nous prions le lecteur de croire que nous respectons trop son esprit pour essayer de jouer ici au plus habile... Nous nous efforçons de servir ce que nous croyons être la vérité — et la vérité française. Nous pouvons certes nous tromper — humainement... Mais étant de ceux qui, en totale simplicité et loyauté, ont tout offert à leur patrie, nous pensons avoir le droit de ne pas être accusés de tromper. »

Ce message, que je vous demande d'accueillir, non point comme la prose habile du politicien, du casuiste ou du fanatique, mais comme un appel pathétique, douloureux et fervent, jailli des profondeurs d'une âme française descendue avec son peuple dans l'abîme et décidée à en remonter sur les ailes de l'espérance, que veut-il ?

Expliquer d'abord (et c'est l'objet du titre premier « Condition de la renaissance politique de la France ») qu'il s'agit de beaucoup plus que d'une réparation, d'une reprise, d'un replâtrage : une renaissance véritable, rien de moins. Donc un changement radical de structure, intéressant l'édifice jusqu'en ses fondations, jusqu'à son plan, jusqu'à son objet peut-être. En français, cela a un nom, et cela s'appelle une révolution. Le mot a été galvaudé ? sans doute. Il reprendra pourtant son vrai sens, si lourd et si plein qu'il en rejoint alors un autre dont on n'a guère l'habitude de le rapprocher : conversion.

Des adversaires, il y en aura : ceux dont l'avènement d'un ordre politique nouveau dérangerait les plans personnels, ceux pour qui la République, telle que nous l'avons connue, représente surtout un régime alimentaire, les doctrinaires, inconsciemment ou délibérément fermés à toutes les leçons du réel, et, bien entendu, les quelques égarés du pouvoir ou du profit, coupables de trahison caractérisée et qui appartiennent à la Justice.

À cette résurrection, il faut évidemment un centre, un catalyseur, un noyau, un principe actif, et qui soit capable de refaire ce que l'égoïsme a défait. Ce sera la fraternité. Mais non point le principe abstrait et respectable, que chaque siècle, tour à tour, même celui qui l'inscrit au fronton de ses palais, s'empresse de saluer de loin, pour n'avoir point à le pratiquer. Il s'agit ici de bien autre chose et de bien davantage, d'un principe enfin descendu des hauteurs rassurantes de la métaphysique pour s'incarner, dangereusement pour notre

égoïsme, dans une très concrète réalité, dans une obliga-
tion, dans une loi, et dans une loi qui, entrant aussitôt en
condition politique, va se faire régime et entraîner la
nation tout entière sur la voie royale, encore que souvent
difficile et rude, d'une consécration effective de l'individu, de ce qu'il est et de ce qu'il a, au bien de la collec-
tivité.

Après que nous aurons reconnu la fraternité pour seul
principe moteur efficace, le titre III de l'exposé va nous
dire quelques-unes des conséquences que va entraîner,
dans le domaine politique et social, cette reconnaissance.

Véritable ferment révolutionnaire, idée-force pure,
vraie, dynamique, levain généreux qui peut faire
demain, comme celui dont parle l'Évangile, « lever
toute la pâte », la loi fraternitaire implique ici liberté.
Mais celle-ci, « le plus beau mot de toute langue si celui
d'amour n'existait pas », disait Vinet, « ne tire toute sa
dignité que de son union avec l'obéissance » : « une
liberté qui n'obéit pas, dit encore le penseur vaudois, est
un pur non-sens car c'est pour obéir que nous sommes
libres ».

La loi fraternitaire le sait aussi, qui veut que l'exercice de cette légitime et indispensable liberté sache
demeurer en accord avec les exigences supérieures du
destin commun.

Les principes politiques qu'énonce le document fraternitaire ne lui sont pas spécifiques : large indépendance d'un gouvernement affranchi des menaces de
l'intérêt ou de l'ambition, rôle principal de contrôle
— mais de contrôle efficace — de la représentation

nationale, responsabilité véritable des titulaires de charges publiques, stabilité des administrateurs nationaux placés à la tête des divers départements, tout cela est aujourd'hui exigé par la plupart des Français qui réfléchissent.

Par contre, peu songent encore, hélas, à tout ce que renferme le programme fraternitaire (qui a pour constant idéal l'épanouissement des valeurs humaines) sur la condition renouvelée de l'homme de travail, sur la primauté du social devant l'économique, rejoignant ainsi la belle formule socialiste : « régir les choses pour affranchir les hommes » — sur l'aménagement d'un « espace humain » impliquant, entre autres, le droit à la beauté comme celui à la vérité — sur la nécessité d'en finir avec la misère.

En 1862, Alphonse Gratry s'écriait, voyant inspiré : « Je ne demande au monde contemporain qu'une seule chose, la volonté d'abolir la misère... »

Cette foi, cette espérance, cette résolution, que mon père a passé sa vie à servir, à incarner, à propager, voici que je les retrouve — avec quelle émotion — tant il est vrai que « les chemins de l'esprit ne se perdent jamais », inscrits en lettres de feu, au cœur même du plan fraternitaire : celui-ci « comporte, en toute rigueur, la suppression de la misère. Nous ne pensons pas faire preuve de sensiblerie en disant que nous avons toujours été douloureusement surpris que notre société, qui offre tant d'admirables formes de la plus fine civilisation, s'accommode de la misère, comme d'un mal soi-disant inévitable.

« Le souvenir de ces hommes et de ces femmes que, dans les grands centres urbains, l'on voit sortir à la nuit

214

des rues qui ressemblent à des fosses, et qui se jettent, faune plus qu'humanité, sur les miettes de ceux qui mangent à leur faim, ne saurait se prescrire.

« L'homme qui n'a rien : ni pain, ni vêtement, ni toit, ne peut se concevoir en régime fraternitaire. La loi fraternitaire, en effet, forme active du bien, du pacte fraternel, impose l'établissement d'un niveau de vie au-dessous duquel l'homme n'a pas le *droit* de descendre. *La dignité humaine n'est pas un choix.* »

Écoutez encore, pour terminer, empruntés au texte fraternitaire, ces accents courageux et solennels, et dites si la voix du moderne prophète qui vous appelle à contempler déjà, sur l'horizon enténébré, les murs bénis de la cité sans anathème, se sera fait entendre sans éveiller en vous un frémissement généreux, sans avoir exorcisé en vous le démon résigné de l'« à quoi bon ? », et sans vous arracher le cri que poussait après avoir relu l'Évangile tel communiste français : « Je l'ai reçu en plein visage, comme un retour de flamme. »

« L'heure, l'heure ardente est venue de croire en l'efficacité d'un effort loyal de rénovation nationale, non pas avec la foi aveugle du charbonnier, mais avec la foi lucide du constructeur qui croit à la solidité de l'édifice qu'il élève, et ne néglige pour autant ni la qualité du liant, ni la tutelle du fil à plomb...

« À travers les convulsions qui décidèrent le monde et la terrible épreuve que subit la France, le régime fraternitaire peut affronter tous les doutes et toutes les négations, car il est en définitive la seule formule valable d'unité, de progrès et de paix.

« Pour nous, la fraternité est la flamme vivante, vibrante, animante, omniprésente de la loi sociale. Nous la voyons quitter l'inertie des froides inscriptions, se mobiliser, descendre dans la rue, entrer dans les bureaux, les ateliers, les fermes, dans les cabinets solennels et les postes de commandement les plus simples, dans les salons somptueux, dans les plus humbles logis, partout...

« Ah ! vraiment non, il ne s'agit pas d'une abstraction, mais d'un principe-force, dont une société ne peut pas plus se passer que l'homme du souffle qui anime son cœur...

« *La fraternité est véritablement la respiration du corps social.*

« Nous y insistons ; que le lecteur nous fasse la grâce de penser que si nous avions eu seulement le dessein de proposer aux Français, comme signe de ralliement et de renaissance, ce symbole glacé, dont on s'est si souvent servi avec d'autant moins de pudeur que l'on pensait bien que personne n'y croyait... nous aurions immédiatement renoncé à un projet que personne, en vérité, n'aurait pu prendre un instant au sérieux.

« Ce n'est point le temps d'inviter à se perdre dans un rêve, fût-il le plus beau, mais d'offrir un insigne levain à une âme nationale, en grand tourment de devenir...

« Or, le fraternitaire, c'est la fraternité en acte, en campagne, soignant les blessés, veillant les morts, relevant les ruines, construisant des maisons nouvelles, aérant des atmosphères confinées, consolant les cœurs lourds, affermissant les traînards, éclairant les chemins, ouvrant à l'espoir les portes et les fenêtres de notre France...

« Personne ne croyait à la fraternité, disions-nous ? Certes pas ceux qui l'utilisaient pour masquer le mépris, l'envie, les bas appétits de hauts profits — ou s'ils y croyaient, c'était à leur manière...

« Mais la foule des pauvres, des faibles, des désarçonnés y a cru, éperdument... Et elle a dû amèrement constater que cette étoile, vers laquelle ses mains se tendaient, ne se levait pas !

« Il faut peut-être des "années-lumière" pour que certaines vérités nous frappent avec une suffisante intensité.

« Pendant ce "temps", bien des confusions, bien des paradoxes peuvent se donner libre cours — avec tous les dangers que cela comporte.

« Mais, peu à peu, quelque chose monte au cœur des hommes qu'ils ne reconnaissent pas d'abord. Cela semble venir de si loin... Puis cela s'éclaire, flambe, rayonne et la lumière nouvelle met en tout une âme nouvelle — transfigure tout.

« C'est l'heure fraternitaire — qui sonnera fatalement un jour...

« Il ne dépend que de nous de hâter sa venue. »

Ma conclusion sera fournie par une petite scène de l'an 2000. Cela se passe dans une école de la brousse africaine, mais au Tibet, au Groenland, en Patagonie, et même en Europe, oui, même en Europe, on en pourra voir une semblable. Le maître interroge : « Comment se divise l'histoire du monde ? » — Et Mamadou Traoré se lève : « L'histoire du monde se divise en cinq périodes ou ères : *primaire*, l'ère des poissons cuirassés et des fougères arborescentes, — *secondaire*, l'ère des reptiles, des lézards volants et des oiseaux à dents, — *tertiaire*, celle des mammifères, poil partout, — *quaternaire*, celle des barbares ou "âge de la pierre taillée et du canon", — *fraternaire*, celle de l'homme... »

AU SEUIL DE L'ANNÉE

La Quinzaine n° 7, 18 janvier 1944.

Il y a tout près de Dakar, au cap Manuel, à Ouakam, à Gorée, de splendides coulées de basalte. La roche est dure, compacte. Elle éclate sous le choc. Avez-vous pensé qu'un jour cette pierre avait été une lave, une chose sinon liquide, du moins pâteuse, molle, prête à prendre docilement toutes les formes ?

Aujourd'hui, le vieux monde tout entier, fondu à l'infernale fournaise de la guerre, est redevenu plastique. On en peut, *aujourd'hui*, tout faire, le meilleur comme le pire.

Il faut songer au monde dans lequel nous allons diriger le cosmos en fusion. Il faut y songer maintenant tout de suite. Demain, il sera trop tard. C'est que ça prend vite, ces saletés-là, et une fois cristallisées, solidifiées, pétrifiées, une fois redevenues basalte, plus rien à faire pour les ramollir.

Il semble heureusement qu'on le sache. En tous les cas on voit un peu partout sur la Terre, de Dakar à Melbourne, et de Vancouver à Colombo, des hommes décidés à ne pas cette fois-ci se laisser prendre au dépourvu, à ne pas laisser se refroidir le magma avant de lui avoir imposé une forme, à tracer dès à présent, et dans tous les domaines, les plans du monde de demain. À travers les ténèbres de l'heure, déchirés de lueurs d'incendies ou d'explosions, qui saurait tendre l'oreille à d'autres bruits qu'à ceux du carnage entendrait déjà, obstiné, patient, infatigable, le ciseau des bons ouvriers sculptant dans la nuit, à grands coups, le visage, pathétique, grave, paisible et consolé de l'humanité qui va naître.

Tient-il, ce visage, dans le sanctuaire de nos âmes, dans nos pensées, dans nos espoirs, dans nos méditations, et, si nous sommes croyants, dans nos prières, la place, la très grande place qui lui doit revenir ?

Autrement dit, saurons-nous prendre assez au sérieux l'enjeu — qui est loin de n'être que matériel ou économique — du formidable conflit ? Ce monde dans lequel vivront nos enfants, avons-nous vraiment la volonté de le faire meilleur, plus beau, plus juste, plus fraternel, même au prix de quelques sacrifices personnels, même au prix d'un certain tribut de solidarité humaine prélevé sur nos biens matériels ? Et avons-nous surtout compris, pleinement compris, qu'il ne suffira pas de l'acclamer de loin cet ordre nouveau, ce *véritable* ordre nouveau, et qu'il ne sera, lui-même, que dans l'exacte — et peut-être héroïque et douloureuse — mesure où nous accepterons de l'incarner, individuellement, dans une vie offerte sans retour aux rudes exigences d'un haut idéal ?

Voyez-vous, il y a des heures où il faut tout de même rassembler notre vie, souvent si dispersée, quitter le domaine de la surface, de l'apparence, de la vanité, et creuser, creuser profondément, à la rencontre de l'eau vive.

Les fils de Marthe accusent volontiers les fils de Marie de nonchaloir, d'égoïsme, et, pour un peu, de désertion. Ils sont injustes. Loin d'oublier le réel, et d'en méconnaître les problèmes, loin d'abandonner le champ de bataille, les fils de Marie, s'ils entendent faire leur part à la méditation, au recueillement, ne leur viennent demander que de nouvelles raisons d'agir, et de mieux agir, des forces renouvelées, une provision fraîche d'énergies et de certitudes.

Fils de Marthe et fils de Marie, animés d'un même idéal, tout en le servant de façon parfois différentes, loin de s'opposer se complètent.

Non certes qu'il « faille de tout pour faire un monde » comme le voudrait une absurde maxime résignée d'avance à tout tolérer et à justifier par une boutade le *statu quo* de notre actuelle barbarie. Il ne faut pas « de tout », il y a des choses, au contraire, qui ne devront plus faire partie du monde de demain si celui-ci doit mériter le nom de monde humanisé, il y a des choses avec lesquelles il faudra, tout de même, en finir.

Et je voudrais, à ce propos, orienter votre méditation sur un aspect à mon avis très important et très grave des problèmes de l'après-guerre.

Bernadette E. Schmitt, professeur à l'université de Chicago, a publié en juillet dernier, dans la série des *Public Policy Pamphlets* une brochure intitulée : *What shall we do with Germany ?* (Comment devons-nous traiter l'Allemagne ?).

Après avoir résumé l'histoire allemande et caractérisé le phénomène hitlérien, après avoir noté que la

« bonne » Allemagne est devenue un mythe périlleux, que le Reich a depuis longtemps par sa brutalité et sa perfidie perdu en Europe la bataille psychologique et que si l'Allemagne doit changer un jour de mentalité ce ne sera qu'au terme d'une expérience sévère, douloureuse, mais peut-être salutaire, après avoir examiné ce qu'il ne faut pas faire, distinguer entre le parti nazi et la *Wehrmacht* ou chercher dans un démembrement territorial l'affaiblissement d'une emprise prussienne qui risquerait au contraire de s'en voir renforcée, Bernadette Schmitt résume ainsi les trois points essentiels du programme qu'elle préconise :

1° La victoire *totale*, remportée sur le sol allemand par les Anglo-Saxons et les Russes se rencontrant à Berlin ;

2° L'occupation *totale*, visant moins à administrer l'Allemagne qu'à y détruire le matériel de guerre ;

3° Le désarmement *total*, écartant absolument le maintien d'une *Reichswehr* semblable à celle de 1919.

On pourrait ajouter qu'un désarmement politique ne serait pas moins nécessaire puisque le hitlérisme est né d'un jeu terrible entre le peuple exalté par le racisme et une oligarchie dirigeante incarnée par la grande propriété ost-elbienne et les monopoles industriels de l'Ouest. Cette oligarchie n'existe d'ailleurs pas seulement en Allemagne et devra être attaquée ailleurs encore. Mais ceci est une autre histoire et échappe à mon actuel propos.

Celui-ci était d'insister sur une autre lacune du programme de Bernadette Schmitt : le désarmement moral, non moins nécessaire que l'autre, et qui impliquera, à côté du contrôle des armes, celui de l'enseignement.

H.G. Wells le disait tout récemment : ce qu'on met dans la cervelle des gens importe tout autant à la paix du monde que ce que l'on met dans leurs arsenaux, et ne doit pas être moins soigneusement contrôlé.

C'est l'évidence, et je préfère avoir pour voisin un bonhomme qui a un fusil, parce qu'il en a trouvé un, au grenier, dans les affaires de son grand-papa, mais qui pour rien au monde n'irait s'en servir pour attaquer un être vivant, fût-ce une bergeronnette, plutôt qu'un particulier sans armes, mais qui ne rêve que de s'en procurer pour partir le plus tôt possible, aux dépens de mon potager et de ma vie, à la joyeuse conquête d'un « espace vital » digne enfin de pareil seigneur.

Quand on sait la part véritablement effarante qu'a prise dans l'intoxication systématique de l'enfance et de la jeunesse allemande l'enseignement à tous les degrés, quand on sait que nulle part le fanatisme national n'a été cultivé avec plus de soin qu'à l'école, et que le livre de classe est devenu lui-même un instrument de mensonge et de propagande, on a diagnostiqué une plaie qui, elle aussi, devra recevoir du fer rouge une guérison nécessaire à l'avenir de l'Europe, et du monde. Laisser subsister, sans le surveiller, sans l'assainir, sans l'inonder périodiquement des antiseptiques les plus violents — même si cela « pique » un peu, comme toute bonne teinture d'iode — un pareil foyer de pourriture mentale, serait de propos délibéré, protéger un bouillon de culture dont surgiraient demain de nouvelles gangrènes.

Il y avait avant-hier un clan des Bajocasses ou des Carnutes, une tribu des Danes ou des Pietes, il y avait hier un duché de Bourgogne, un électorat de Brandebourg, un royaume de Naples, une principauté de Saxe-

Meiningen ; il y a aujourd'hui une France, une Allemagne, une Italie, il y aura demain une Europe, et après-demain, peut-être, une humanité.

On rirait aujourd'hui d'un département voulant avoir sa monnaie, ses douanes, ses timbres-postes, son parlement. C'est que le stade de l'autonomie provinciale est périmé. Comme le sera demain le dogme orgueilleux et égoïste d'une souveraineté nationale absolue : les États d'aujourd'hui vont être ce qu'étaient les provinces d'hier. Ils vont devoir repenser leurs problèmes à une échelle plus vaste, à celle de l'Europe, à celle de l'ancien continent, bientôt à celle de la planète.

Appelés à s'intégrer dans de libres fédérations, ils devront sans doute imposer à leur amour-propre quelques menus sacrifices. Mais ce genre de blessures guérira sans peine et l'âme nationale, délivrée de bien des hochets inutiles, pourra se tourner vers de plus vastes horizons.

Que l'on me comprenne bien. L'uniformisation des esprits, étendue à tout le globe, m'épouvante tout autant que le recul des arts locaux devant les trop faciles victoires de la banalité ou de la laideur. L'idéal n'est nullement de rendre les hommes identiques, superposables, et de ne les considérer que comme des numéros, des clients ou des mobilisables. La variété, individuelle, régionale, nationale est légitime, elle restera un facteur d'enrichissement spirituel pour la communauté. Mais ce qu'il faut c'est que ces hommes de demain, si différents soient-ils de langue, de culture, de vêtements, de lois ou de couleur, acquièrent, tout de même, ce minimum d'esprit solidariste ou fraternitaire, d'idéal humain, de révolte contre les doctrines d'orgueil et de violence, qui, seul, fera d'eux de bons Africains, de bons Européens, de bons Asiatiques, de bons planétariens.

Ces remarques ne sont pas étrangères à ce que je voulais spécialement vous dire du rôle éminent que devra jouer, dans la guérison des nations, un enseignement s'attachant à combattre systématiquement les faux dieux et à désintoxiquer des peuples tous plus ou moins contaminés.

Et s'il n'est pas interdit au penseur de brûler les étapes et de devancer le cours naturel des choses, pourquoi ne pas imaginer que tous les enfants trouveront un jour, encarté dans leur manuel d'histoire nationale, un fascicule identique d'un bout à l'autre du monde et qui leur dirait que leur pays n'est pas seul au monde, que s'il a son rôle spécial à jouer et des qualités particulières à faire valoir au bénéfice de l'ensemble, il n'est pas fatalement *le* peuple supérieur à tous les autres, et ne possède pas nécessairement la prééminence dans *tous* les domaines ? Ces pages salutaires et neuves rappelleraient au petit Hollandais l'existence d'un art polynésien, au petit Sénégalais celle d'une grande civilisation au Pérou précolombien, au petit Français celle de saints bouddhistes ou musulmans pouvant sans peine supporter la comparaison avec ceux de sa propre Église, au petit Arabe celle de beaucoup d'autres livres sacrés, au petit Allemand celle de toute une série de Juifs illustres, au petit Anglais celle de bien des hommes de couleur ayant, sur la voie du progrès spirituel, largement distancé la plupart de ses compatriotes. Il y aurait, naturellement, des images, de belles images. Et au contact de ce fascicule, contrepoids nécessaire aux fanatismes si vivaces du clan ou de la secte, l'enfant, le Jaune, le Noir ou le Blanc, apprendrait peut-être un peu de tolérance, d'esprit de justice, de lucidité, d'idéal fraternel.

Utopie ? En êtes-vous bien sûr ? Ou accepterez-vous, vous aussi, de travailler à faire descendre cette utopie d'aujourd'hui dans le domaine des réalités de demain ?

« Le vent se lève, il faut tenter de vivre », disait le poète. Et plus que jamais au lendemain d'une fête qui demeurera éternellement, par-delà tous les désastres, toutes les douleurs, toutes les ténèbres, celle de la lumière et de l'espérance.

1er janvier 1944.

RIEN DE NOUVEAU

La Quinzaine n° 9, 23 février 1944.

L'Écclésiaste a raison : « Ce qui a été, c'est ce qui sera, et ce qui s'est fait, c'est ce qui se fera, il n'y a rien de nouveau sous le Soleil... »

De ce perpétuel retour des circonstances comme des attitudes je viens de découvrir un nouvel exemple, bien remarquable, vous allez en convenir.

Et qui date du premier siècle de notre ère. Nous sommes en Palestine. La petite patrie des Juifs est envahie par les Prussiens de l'époque, qui s'appelaient alors les Romains : à Jérusalem, à côté du temple, dans la forteresse Antonia, caserne tout un régiment de S.A., de grandes brutes casquées et cuirassées, dont on entend, jour et nuit, sur les petits pavés des ruelles, les sandales cloutées et victorieuses, avec un cliquetis de glaives, et le gros rire, satisfait et menaçant du peuple des Seigneurs — avec et sans jeu de mots.

Il y a bien un chef de l'État, roitelet impuissant et servile, comme il s'en trouve toujours en pareilles circonstances : celui d'alors s'appelle Hérode Agrippa II. Il y a aussi, il y a surtout, à côté de ce fantôme de chef d'État, qui collabore « dans l'honneur » avec l'ennemi, et représentant ce dernier, un certain M. Gessius Florus, procurateur romain, ce qu'on appelle en France un *Militärbefehlshaber*, en Allemagne un *Gauleiter*, en Norvège un *Reichskommissär*, et en Bohême un... « Protecteur »...

Récapitulons : un « chef d'État », un *Gauleiter*, il manque un troisième complice, le collaborateur : il ne va pas tarder à entrer en scène.

Naturellement, de l'autre côté, les patriotes organisent la résistance. La répression était atroce : en l'an 64, au cours des bagarres de Jérusalem, les troupes d'occupation massacrent ou supplicient 3 630 personnes.

C'en était trop, et le peuple, ouvertement, se révolte contre l'envahisseur, malgré les bons conseils du chef de l'État. Le roi Agrippa, en effet, à la nouvelle des troubles, fait assembler le peuple et prononce un long discours, pour lui prêcher la résignation, la soumission, l'acceptation, la docilité : l'ennemi est tout-puissant, il a conquis le monde, ce qui est d'ailleurs la preuve qu'il bénéficie de la faveur divine, et il serait bien imprudent de lui déplaire.

Voici quelques extraits typiques de ce discours empruntés à la brochure officielle : *Discours et messages du chef de l'État*, éditée par le ministre de l'Information :

« Il faut adoucir ceux à qui on se trouve soumis par toutes sortes de devoirs, et non pas les aigrir par des plaintes. Les petites fautes qu'on leur reproche les irritent et les portent à en commettre de beaucoup plus grandes... Quelle imprudence peut être plus grande que d'entreprendre de s'affranchir de servitude lorsque l'on manque des choses nécessaires pour recouvrer la liberté ? N'est-ce pas au contraire le moyen de retomber dans une nouvelle servitude encore plus dure que la première ? Rien n'est plus juste que de combattre pour éviter d'être assujetti à une domination étrangère. Mais après que l'on a reçu le joug, prendre les armes pour s'en délivrer ne peut plus passer pour un amour de la liberté, et n'est, en effet, qu'une révolte...

« Ces généreux Athéniens... obéissent maintenant aux Romains... Les Lacédémoniens... reconnaissent aussi les Romains pour maîtres... Les Macédoniens même... fléchissent les genoux devant ces invincibles conquérants... et vous prétendez être les seuls qui n'obéiraient point à ceux à qui tous les autres obéissent !... Osez-vous comparer votre faiblesse à la puissance romaine ?... Croyez-vous être les plus puissants que les Gaulois, plus vaillants que les Allemands, plus habiles que les Grecs ? »

Le prudent monarque énumère longuement ensuite les peuples et les pays conquis par Rome : Parthes, Carthaginois, Scythes, Numides, Espagnols, Thrace, Dalmatie, Éthiopie, Égypte, Arabie, etc.

Et il ajoute, un peu ironique : « Il ne vous reste donc plus que d'avoir recours à Dieu. Mais comment pouvez-vous vous flatter de la croyance qu'Il vous sera favorable, puisque ce ne peut être que Lui seul qui ait élevé l'Empire romain à un tel comble de bonheur et de puissance ? »

Mais, malgré les appels officiels à la pénitence et à l'acceptation de la défaite, malgré l'appât de l'ordre nouveau méditerranéen dans lequel le vainqueur va avoir la générosité d'accueillir — si elle est sage — la coupable Palestine, celle-ci n'écoute point un Roi dont elle ne devine que trop la servitude, et continue à résister à l'envahisseur.

Bientôt c'est une véritable guerre qui ravage le pays. Le général Titus met le siège devant Jérusalem.

S'il y avait des « résistants », il y avait aussi, déjà, des « collaborateurs » ; l'un d'eux, personnage influent, Flavius Joseph, a passé aux Romains. Titus va l'utiliser dans la « cinquième colonne ». Un beau jour, notre Joseph se présente devant la ville et, nous dit-il lui-même « choisit un lieu élevé hors de la portée des traits, d'où les assiégés pouvaient l'entendre ».

Et, de là, leur tient un long, un très long discours. Il leur explique « que les plus fortes de leurs murailles étant ruinées, et ne leur restant que la plus faible de toutes, il leur était facile de voir qu'ils ne pouvaient résister davantage à la puissance des Romains ; qu'ils devaient être accoutumés à leur être assujettis ; et qu'encore qu'il soit glorieux de combattre pour défendre sa liberté, ce n'est que lorsqu'on en jouit encore ; mais qu'après l'avoir une fois perdue et obéi durant un long temps, vouloir secouer le joug, c'est plutôt travailler à périr misérablement qu'à s'affranchir de servitude ; que s'il est honteux d'être soumis à une puissance méprisable, il ne l'est pas d'avoir pour maîtres ceux qui règnent sur toute la Terre... Qui ne voyait que de tous côtés la fortune leur tendait les bras et que Dieu qui tient entre ses mains l'empire du monde, après l'avoir dans la suite des siècles donné à diverses nations, en avait maintenant établi le siège dans l'Italie ? »

Suivait une copieuse tirade historique destinée à

230

convaincre les patriotes de l'inutilité de toute résistance à « ces invincibles conquérants qu'ils voyaient que Dieu conduisait comme par la main à la souveraine puissance ». Et, en parfait modèle des fidèles imitateurs qu'il aura en France, en 1940, il n'hésite pas à déclarer à ses auditeurs qu'après tout c'était bien fait et qu'ils n'avaient que ce qu'ils méritaient : « Qui nous a attiré sur les bras les armes romaines, sinon nos divisions et nos crimes ?... Dieu assujettit les Juifs aux Romains parce que le mauvais usage qu'ils faisaient de leur liberté les rendaient indignes d'en jouir. »

Pas mal trouvé, n'est-ce pas, pour convaincre les vaincus de « dominer leur défaite » dans l'obéissance à un vainqueur généreux qui saurait, lui, « dominer sa victoire » ?

Malheureusement ce dernier, représenté dans les pays occupés par Titus, que ses soldats viennent de proclamer *imperator*, n'avait pas d'autre ambition que de détruire pour toujours le petit État récalcitrant et de procurer ainsi à un Reich déjà colossal un nouvel et substantiel accroissement de son « espace vital ».

Le couplet du collaborateur, accueilli à coups de flèches, n'ayant produit aucun effet, il allait essayer, lui-même, lui le *Feldmarschall* Titus, d'endoctriner une délégation des rebelles.

Premier point : ni votre nombre, ni vos alliances, ni votre force physique ne vous permettent de vous mesurer avec le tout-puissant Empire romain.

Deuxième point : « On ne saurait attribuer votre audace qu'à la trop grande bonté des Romains... Quoique comblés de tant de bienfaits, vous vous élevez contre nous comme si nous ne vous avions laissés vous enrichir que pour vous donner plus de moyens de nous faire la guerre ; et plus méchants que les plus méchants de tous les serpents, vous répandez votre venin sur ceux à qui vous êtes redevables de tant de grâces. »

Et comme les « factieux » — c'est ainsi que l'on nommait les gaullistes et les communistes d'alors — refusaient de se rendre, « Titus, nous dit le chroniqueur, ne put voir sans colère des gens que l'on pouvait dire être déjà ses prisonniers avoir la hardiesse de lui proposer des conditions comme s'ils eussent été victorieux. Il leur fit déclarer par un héraut que quand même ils se voudraient rendre à discrétion il ne les recevrait plus ; qu'il ne pardonnerait pas à un seul ; et qu'ils n'avaient qu'à se bien défendre pour se sauver, s'ils le pouvaient, puisqu'il les traiterait avec toute rigueur. »

Il devait tenir parole. La ville fut prise et brûlée, après un carnage si atroce que l'on vit, nous affirme un témoin, le sang éteindre en plusieurs endroits le feu. On tua longtemps encore. Les prisonniers, par dizaines de mille, furent ou réservés pour le triomphe, ou destinés aux combats du cirque, ou envoyés en Égypte, au titre du Service du travail obligatoire s'ils avaient plus de dix-sept ans, ou vendus comme esclaves s'ils n'atteignaient pas cet âge. Onze mille moururent, de faim pour la plupart, au cours des opérations de triage.

Cependant que l'*imperator*, au cours d'une joyeuse prise d'armes, remercie ses soldats d'avoir « poussé les bornes de l'Empire encore plus avant », les couvre de décorations et de cadeaux, puis offre aux dieux des sacrifices d'actions de grâces et, trois jours durant, alimente une gigantesque ripaille. Tout était bien : l'ogre

avait dévoré une victime de plus et l'« ordre nouveau »
régnait en Palestine.

Mais l'histoire ne finit pas là, Bérénice, en quittant
Titus, à Rome, après la cérémonie du triomphe, lui
déclarera en effet :

Un jour, un jour luira où Rome, solitaire,
Enfoncée au néant comme Suge et Babel,
Cessera de régner sur les rois de la Terre,
Et d'étouffer le globe entre ses poings cruels.
[...]
Alors les héritiers de ta ville superbe
Fouilleront dans le sol pour trouver sa splendeur,
Et ses rostres en poudre et son forum dans l'herbe
Attesteront sa chute aux lieux de sa grandeur.

Mais les Juifs, enchaînés à l'Arche de la Gloire,
Dans la frise où ton poing sculpta leur front vaincu,
Arracheront leur chaîne au marbre dérisoire,
Car ils vivront toujours quand Rome aura vécu[1] *!*

1. E. Fleg : *L'Adieu de Bérénice* in *L'Éternel est notre Dieu*,
1940 ; pp. 196-197.

LA MUSELIÈRE

La Quinzaine n° 10, mars-avril 1944.

Vraiment, les Français sont incorrigibles... Figurez-vous qu'un impertinent, que je m'en voudrais de nommer, se permettait d'ajouter, tout récemment, à propos de je ne sais plus quoi : « C'est comme la Révolution nationale, ça commence par un bâton et 7 étoiles et ça finit par une trique et 36 chandelles... »

C'est absurde, évidemment... Voyons, comment appelez-vous la figure de rhétorique qui consiste à prendre la partie pour le tout ? Une... une ? Ah, une synecdoque, merci !

Eh bien, j'estime, moi, qu'en des temps où se joue l'avenir du monde et le sort de l'Esprit sur la Terre, il n'y a plus place pour les synecdoques. Allons, plus d'hypocrisies, plus de « parties pour le tout » : « Une trique et 36 chandelles ? » L'expression n'est que partiellement vraie, elle pèche, et gravement, par défaut : la trique est là, certes, mais pas seule, mais accompagnée, n'en déplaise à Madame Synecdoque, d'une solide muselière, modèle extra-fort, et, bien entendu, *made in Germany*.

« Muselière »... *Petit Larousse* (p. 684) : « Appareil qu'on met aux animaux pour les empêcher de mordre... » Encore un perfide amateur de figures de rhétorique, d'ellipse cette fois-ci, car il fallait : « Appareil qu'on met aux animaux pour les empêcher de mordre et aux peuples pour les empêcher de parler. »

La France tout entière porte aujourd'hui, de par la grâce de son gouvernement et des maîtres de celui-ci, une fameuse muselière.

Celle-ci, je l'ai sous les yeux... Oui, je sais, vous croyez que je plaisante. Non point. Voici, sur cette table, un document intitulé « Consignes permanentes de la censure » ; c'est l'édition du 1er juin 1943, la dernière, à ma connaissance.

Pour que vous ne m'accusiez pas, à mon tour, de synecdoque, je dois vous expliquer tout de suite qu'il y a, en fait, non pas une muselière, mais trois, habilement emboîtées : les « *consignes temporaires* », les « *consignes de présentation* », enfin les « *consignes permanentes* », celles dont nous allons ensemble parcourir les 79 articles.

I. CONSEILS TECHNIQUES

Art. 5. « *L'utilisation dans la presse des écoutes de radio autres que la radio nationale est interdite.* » Sage précaution, mais encore insuffisante car « *la publication des informations ou commentaires diffusés par la radio nationale doit être subordonnée au visa de la censure* ». Comme ça, au moins, rien à craindre.

Art. 10. « *Les communiqués sur la journée du Maré-*

chal et sur la journée du Président sont obligatoires. »
Allons, nous aurons chaque jour notre petite ration de
niaiseries, nous saurons que le Maréchal a tapoté la joue
gauche de la petite fille qui, au nom des enfants des
écoles de la Corrèze, lui avait apporté une francisque en
caramel ornée de papier doré, que le Maréchal a reçu
une délégation des conseillers municipaux membres de
l'association « Les Amis de Pétain du Massif central »
et leur avait, individuellement, et très ému, serré la
main, que le Maréchal, après avoir, en présence du
ministre de l'Agriculture, marqué d'un marteau à ses
armes un chêne baptisé « Maréchal Pétain », avait
retenu à déjeuner le Consul général du Reich, M. Krug
von Nidda, etc.

Dans tous les journaux de France, ainsi le veut l'article 10, ces bêtises sont *obligatoires...*

Art. 13. « *Il est interdit d'annoncer les suspensions
de journaux qui ont un caractère de sanction et d'en
faire état dans la presse.* » La trique cherche à se dissimuler. Comme si c'était possible...

II. CHEF DE L'ÉTAT

Ici un modèle de style administratif. Le comprendrez-
vous mieux que moi ? C'est l'article 14 : « *Tous les
textes mettant en cause le Maréchal de France, chef de
l'État, sa personne, ses déplacements ou sa politique ou
concernant Mme la Maréchale doivent être soumis à la
censure centrale pour recevoir le visa du cabinet du
chef de l'État. Les documents et lettres émanant du chef*

de l'État ou de son cabinet doivent être également sou-
mis à ce visa. »

Cela ne peut tout de même pas vouloir dire que le cabinet se surveille lui-même. Alors il doit y avoir là ce qu'en style non administratif on nomme une « entour-loupette », destinée à obliger le Maréchal, pour le cas où il lui prendrait fantaisie de s'émanciper, à porter lui aussi sa page d'écriture à la censure toute-puissante. Et allez dire après cela que notre Maréchal n'est pas libre, comme l'insinuent tant de mauvaises langues !

III. CHEF DU GOUVERNEMENT ET MINISTRES

Ne mentionner leurs déplacements que s'il s'agit d'un communiqué officiel ; soumettre au visa tous dis-cours, déclarations ou interviews.

IV. POLITIQUE INTÉRIEURE

Art. 18. « *Les journaux ne doivent pas employer la formule "le gouvernement de Vichy". Il n'y a qu'un gouvernement français.* » Chiche !

Visa pour les démissions de maires, conseillers muni-cipaux, conseillers départementaux, pour les sociétés secrètes, interdiction « *de faire allusion au contrôle té-léphonique, télégraphique et postal* » : toujours cet espoir insensé de parvenir à cacher une énorme trique. Mais, mes pauvres amis, on la voit, elle dépasse, on dirait même beaucoup plus un gourdin qui porte un petit bonhomme que le contraire.

Art. 27. « *Il est interdit de traiter dans les journaux de la question de l'Alsace-Lorraine.* »

Art. 29. « *Les noms des chefs passés en dissidence et déchus de leur fonction ne pourront être publiés que seuls ou précédés, le cas échéant, des expressions : "ex-général", "ex-amiral", "ex-gouverneur général", etc. Les mots "troupes françaises", "armées françaises", "autorités françaises", etc. ne doivent pas être employés pour désigner les personnes ou formations passées en dissidence.* » Car, bien entendu, mes ex-auditeurs qui ex-écoutez encore, au péril de vos ex-âmes cet infâme ex-Radio-Dakar, il ne saurait y avoir d'autorités « françaises » ou de troupes « françaises » que chez les collaborateurs : on n'est « français » qu'à l'Hôtel du Parc, dans la « Milice française » de M. Darnand, dans la « Milice révolutionnaire nationale » de M. Déat ou dans la Légion de M. Doriot, malgré les uniformes et le serment allemands, simples détails sans importance.

VI. OCCUPATION

Naturellement, visa obligatoire pour la moindre information concernant les Allemands auxquels il faut sagement s'efforcer de ne faire nulle peine, même légère.

VII. POLITIQUE EXTÉRIEURE

Art. 32. « *Il ne devra pas être fait obstacle à la politique de collaboration. Celle-ci, au contraire, devra être appuyée et soutenue selon les directives données par le gouvernement.* »

Art. 34. « *Une grande prudence doit être observée dans les articles faisant allusion aux anciennes alliances de la France.* »

Art. 37. « *Il est interdit d'annoncer à l'avance les discours des hommes politiques anglais, américains, russes, etc.* »

VIII. LA GUERRE

Art. 38. « *La publication des communiqués de guerre anglais, américains et soviétiques est interdite. Les communiqués de guerre allemands et italiens sont obligatoires.* » Ça, au moins, c'est franc.

Art. 40. « *Les commentaires des opérations sont autorisés mais ils devront être d'une stricte objectivité, et ne jamais présenter un caractère hostile aux puissances occupantes et à leurs alliés.* » La censure de Laval a vraiment une étrange notion de l'objectivité ; en somme, on en arrive à ceci : est « objectif » ce qui fait plaisir aux Allemands, ne l'est pas ce qui leur déplaît.

Défense d'appeler « front occidental » ou « guerre aérienne » le bombardement, par les alliés, des aérodromes, des ports, des usines, des casernes allemandes en France, Belgique ou Hollande. Rien de commun avec la guerre évidemment.

Art. 43. « *Les expressions : "les alliés", les "nations alliées" ou "les nations unies", ne doivent pas être employées pour désigner les puissances anglaise, américaine et russe, sauf s'il en est fait usage ironiquement pour souligner les divergences entre ces puissances.* » Allons, un bon point à l'élève Laval. Il a bien profité de ses leçons. On dirait cette fois, vraiment, du Goebbels. Mais qui pense-t-on tromper avec un machiavélisme aussi grossier ? Et, après tout, qu'importe ? Les Alliés s'en porteront-ils vraiment beaucoup plus mal, les Nations unies en seront-elles vraiment moins fortes et moins unies si la presse Laval-Pétain affecte de les ignorer ?

IX. ARMÉE — MARINE — AVIATION

Neuf articles énumèrent tout ce qui doit être, obligatoirement, soumis à la censure centrale : les textes sur *les ex-Écoles militaires, les chargements des navires de commerce*, etc. Huit autres interdisent, entre autres, *les informations et précisions météorologiques et la publication des débarquements de cargaisons*. Pensez donc, si les Français allaient savoir tout ce qui entre en France pour le ravitaillement de l'ennemi, s'ils allaient apprendre que l'Empire contribuait de son mieux, via Vichy, à l'effort de guerre allemand...

X. PRISONNIERS DE GUERRE

Visa nécessaire pour tout.

Art. 50. « *Les journaux des régions où ont lieu des réceptions locales en l'honneur des prisonniers libérés par la relève devront donner obligatoirement, en bonne place, des comptes rendus de ces manifestations.* » Et ajouter sans doute que les cris « spontanés » d'une foule « enthousiaste » ont « chaleureusement acclamé » le président Laval ?

Art. 51. « *Les informations relatives au retour de prisonniers au titre de la relève et celles relatives à l'arrivée de prisonniers malades ne devront jamais être rapprochées mais publiées à des emplacements nettement différents.* » Encore un bon point à la censure « ex-française » : deviendrait-elle psychologue ?

XI. LÉGION ET MILICE

Visa obligatoire.

XII. PROPAGANDE

Art. 54. « *La propagande ne doit pas être mise en cause par la presse.* » Excellent moyen d'avoir toujours raison.

XII-XIV. RADIO ET CINÉMA — FINANCES

Sans intérêt.

XV. PRODUCTION INDUSTRIELLE

L'article 65 interdit toute information sur *les lieux d'usinage ou de transformation, l'importance des fabrications, leurs destinations...* Sage précaution : mais est-elle efficace ? À qui fera-t-on croire un instant que les tanks de Billancourt sont destinés à servir de tracteurs agricoles, que ce chargement de traîneaux entrevu en gare de Moulins n'est pas en route pour la steppe russe, ou que ce train d'oranges, portant l'étiquette « Marseille-Cologne direct », va nourrir des estomacs français ?

XVI-XXI. AGRICULTURE ET RAVITAILLEMENT — COMMUNICATIONS — TRAVAIL — JEUNESSE — EMPIRE

Pas compliqué : tout est à soumettre à la censure centrale.

Et voilà les 79 articles de la « Charte de la Muselière » terminés.

Il y a un post-scriptum, comminatoire, bien entendu : « *Les consignes de la censure permanentes ou temporaires ont un caractère impératif. Toute infraction caractérisée entraînera les sanctions administratives ou même pénales prévues par la législation en vigueur.* »

Comme quoi mon impertinent de tout à l'heure n'avait tout de même, à la réflexion, pas si mal jugé ; comme quoi nous voici revenus au point de départ : derrière la muselière qui veut bâillonner la France voici, menaçante à qui refuse l'esclavage, la lourde trique du bourreau.

Mais l'âme française ne cédera pas à la violence. Déjà de mille façons elle brave les menaces de la « Charte de la Muselière » et lance aux puissants du jour — et d'un jour — le défi dont d'autres résistants, les huguenots du XVIe siècle, souffletaient un autre despotisme :

Plus à me frapper on s'amuse
Tant plus de marteaux on y use !

LA BIFURCATION

La Quinzaine n° 11, 1944.

Je ne sais si cela tient à mes hérédités pour une large part nordique, écossaise ou danoise, mais j'ai toujours eu un faible pour l'humour d'outre-Manche, à telle enseigne qu'il m'arrive, pour en enrichir une sorte de charmant florilège, de découper parfois dans un « Punch » telle ou telle « joke » particulièrement savoureuse.

On y trouve, entre autres, dans cette édifiante anthologie, un dessin qui représente, devant une caverne, deux hommes de l'âge de pierre, deux brutes poilues, armées l'une d'une lourde hache de silex, l'autre d'un arc, un arc tout récemment inventé, et l'astucieux constructeur déclare, convaincu, en faisant admirer à son collègue le nouvel engin : « Après cette invention, la guerre deviendra si terrible qu'on ne se battra jamais plus... »

Cette innocente facétie est le parfait symbole d'un problème éternel, celui des rapports entre le progrès matériel et le développement spirituel, entre la technique et l'idéal, entre l'âme et l'outil, entre l'homme — le véritable, avec un H majuscule — et la machine.

Problème grave, problème capital, problème qui intéresse si directement le sort de l'humanité que c'est précisément pour n'avoir pas su le résoudre ou pour l'avoir résolu par l'absurde que la civilisation occidentale, ivre, quand même, d'orgueil devant la portée de ses canons ou le poids de ses torpilles, est en train de sombrer dans la démence, en attendant, peut-être, d'en crever.

Depuis l'arc de nos ancêtres préhistoriques nous avons fait mille autres non moins belles inventions, et nous sommes fiers de nos découvertes, de nos prodigieux progrès, des incomparables perfectionnements de notre vie moderne : nous allons plus vite, nous crions plus fort, nous voyons plus d'images et *Paris-Soir* tire à 1 900 000 exemplaires... Mais *où* courons-nous si vite, *que* crions-nous si fort, *quel* idéal prêchent si exclusivement à nos cerveaux dociles — ou à nos bas-ventres — l'écran et l'illustré, et à *qui* s'adresse la feuille immonde, à des hommes ou à des singes lubriques et cruels ?

Naturellement, ce ne sont pas tant les choses en elles-mêmes que l'usage que l'homme en fait qui seront, suivant les cas, bonnes ou mauvaises. L'opposition ne saurait se réduire pour nous, comme elle peut le faire sur les bords du Gange, à celle d'un monde matériel nécessairement illusoire, sans intérêt, philosophiquement niable et d'une pure existence immatérielle ; elle devra, par contre, se marquer, sur le plan moral, entre un monde mauvais et imparfait et un monde transformé, soumis enfin aux seules exigences du Bien, de la Beauté, de la Lumière, un monde rédimé diraient les chrétiens.

Rien n'illustre mieux cette indifférence d'un objet d'où pourra sortir le meilleur ou le pire, le pire, hélas, le plus souvent, que l'histoire de l'écriture. Un sociologue, M. Charles Le Cœur, qui vient de faire en Afrique-Occidentale française un long et fructueux séjour comme collaborateur de l'Institut d'Afrique, l'a marqué de la façon la plus colorée et la plus pittoresque dans la page suivante, empruntée à sa thèse, *Le Rite et l'Outil* : « Les Noirs du Tchad racontent que quand Dieu créa le monde, il mit devant lui un tas de mil, un tas d'étoffe et un tas de papier. Le bon Nègre naïf se précipita sur le mil, qui depuis poussa en abondance sur les bords du Chari ; l'Arabe, plus avisé, préféra le vêtement ; mais le plus malin de tous fut le chrétien qui choisit le papier et du coup reçut l'empire. Cet apologue railleur caractérise à merveille l'extraordinaire genre de vie que l'Europe s'est imposé au siècle dernier et auquel elle doit, en effet, une grandeur qu'elle paie cher. Que le moins intellectuel de mes lecteurs compte le temps qu'il passe chaque jour à lire et à écrire. Il y a le journal, le ou les hebdomadaires, la ou les revues, les romans, les prospectus, les affiches, la correspondance, le bureau. Cela fait cinq, six heures ? Le chiffre est faible pour beaucoup. Des dizaines de milliers de Français sont, huit ou dix heures par jour, penchés sur du papier.

« Le plus clair de notre vie se passe dans un monde abstrait. Hélas ! La pornographie et la fureur l'habitent. La moitié peut-être des imprimés n'a pas d'autre but que de provoquer l'excitation sensuelle en dehors des objets réels que naturellement elle suppose. De même, tous les matins, le lecteur d'un journal politique vibre confortablement, en allant au bureau, de sentiments d'enthousiasme et de haine dont ses ancêtres n'auraient pu jouir qu'en risquant leur vie sur un champ de bataille. Voilà à quoi nous ravalons l'écriture inventée par les Égyptiens pour honorer les rois et les dieux, l'imprimerie imaginée par Gutenberg pour répandre la Bible ! »

Oui, nous sommes les dévots, extrêmement pieux, d'un dieu qui se nomme le Progrès. Et voyez donc comme nous avançons vite, en brûlant les étapes, sur cette voie royale...

Sans doute, mais, permettez, ce Progrès, cette Science, cette Technique, cette religion de la Force, de la Violence, du Nombre, de la Masse, du Sang et de la Race, elle nous a rendus plus puissants, elle a facilité nos conquêtes, elle a enrichi quelques-uns d'entre nous, aux dépens d'un troupeau servile et méprisé, elle a fait de nous ce que nous appelons volontiers des « réalistes », mais, entre nous, ce culte de la matière, cette apothéose de l'égoïsme divinisé, nous ont-ils rendu, je ne dis pas « meilleurs » — car vous vous souciez bien de cela ! — mais seulement « plus heureux » ?

Ah, certes, nous savons mettre les petits poissons en conserve, fabriquer de la vanille synthétique ou de la viande avec des champignons microscopiques, nous savons tuer mieux, de plus loin, et plus cruellement que nos ancêtres ; souriant des menues bagarres des Barbares d'autrefois qui réussissaient tout au plus, et encore en s'appliquant, à incendier une ville, à piller un duché, à ravager une province, nous sommes parvenus, à force de progrès sans doute, à mettre la Terre entière à feu et à sang. C'est un joli résultat.

Et ce qui épouvante ici l'observateur impartial, qui veut réfléchir et se refuse à simplement hurler avec les loups et à s'enrôler dans le parti ou l'association que lui impose la mode du jour, ce qui épouvante cet esprit lucide c'est de constater que l'homme, au fur et à mesure qu'il perfectionnait les outils de son progrès matériel et de son bien-être demeurait stationnaire, quand il ne reculait pas, dans le domaine du progrès spirituel et moral.

Dostoïevski l'a noté : le « système de la régénération de l'humanité par l'intelligence de ses intérêts vaut la théorie qui prétend que la civilisation rend l'homme moins sanguinaire... Mais regardez donc autour de vous : le sang coule à flots, et joyeusement ! il pétille comme du champagne... Où donc est cet adoucissement des mœurs par la civilisation ? Elle développe en l'homme la faculté de sentir, lui ajoute de nouvelles sensations : voilà toute son œuvre ; elle a particulièrement donné à l'homme la faculté d'éprouver une jouissance à la vue du sang. Avez-vous remarqué que les plus grands verseurs de sang sont les plus civilisés des hommes ? Attila et Stenka Razine ne leur sont pas comparables. Ceux-ci semblent plus violents, plus éclatants, mais c'est que nos modernes Attila sont si nombreux, si normaux, qu'on ne les distingue plus... »

Et c'est de cet homme d'aujourd'hui, de cet homme civilisé qu'après Dostoïevski, Jules Romains, dans une page d'avant 1939 et singulièrement, pathétiquement prophétique, nous décrit la déchéance morale : « Nous savons maintenant qu'on peut faire faire aux hommes exactement n'importe quoi — et aussi bien après qu'avant cent ans de démocratie et dix-huit siècles de christianisme. Le tout est d'employer le procédé convenable. On obtiendra quand on voudra — à condition de

se donner un peu de mal et de procéder par paliers —
qu'ils abattent leurs père et mère et les mangent en pot-
au-feu. Je te prédis des choses étonnantes. Nous verrons
peut-être le rétablissement des sacrifices humains. Nous
verrons des penseurs envoyés au bûcher ou à la chaise
électrique, pour avoir professé des hérésies. Nous verrons des procès de sorcellerie et la persécution des Juifs
comme au Moyen Âge. Nous verrons des foules hurler
d'amour au passage d'un despote et des fils d'électeurs
socialistes se rouler à terre en criant : *Écrase-nous, dieu
vivant...* »

La prophétie de l'auteur de *Prélude à Verdun* s'est,
hélas, de point en point réalisée et nous avons vu tout
cela, sauf peut-être l'abattage des parents et leur
consommation au court-bouillon ; mais il ne faut pas
désespérer, du train où l'on va, cela *aussi* peut venir.

Il y a des lois générales, communes à l'individu, à
l'espèce, au monde vivant, au cosmos, et comme le
moindre de nos moucherons, comme la moindre de ces
sauterelles en train de s'abattre, nuages bruissants, pail-
letés et roses, sur l'Afrique-Occidentale française sahé-
lienne, l'Himalaya, la Terre, notre galaxie sont nées et,
tôt ou tard, périront. Le destin des collectivités, le destin
de l'homme, reproduit souvent celui des individus. Qui
de nous par exemple, s'il est sincère, s'il est loyal,
n'avouera que bien souvent il ne s'est vu engagé sur
telle voie, dans telle compagnie spirituelle, dans telle
carrière, dans telle aventure du cœur ou de l'esprit, que
bien après un prétendu choix qui aura, lui, passé en son
temps inaperçu... On n'a pas vu le quai, la passerelle,
l'embarquement, et tout à coup l'on se trouve en pleine
mer, et prisonnier d'une galère où l'on jurerait pour un

peu être monté sans le savoir, sinon avoir été transporté par la vertu de quelque tapis magique.

Il y a quelque part un carrefour et deux routes ouvertes. Mais, cette bifurcation, nous ne la voyons souvent qu'en nous retournant, derrière nous, cruellement rétrospective, et quand il est, comme toujours, trop tard.

L'homme, entraîné aujourd'hui sur la route du progrès matériel, sur un chemin de ténèbres, qui s'enfonce dans la nuit, un chemin tout poisseux de sang et tout jonché de cadavres d'enfants, l'homme, en se retournant, aperçoit, très loin en arrière, la croisée des routes, et le moment où il était encore temps peut-être de choisir. De choisir entre ce cloaque de sang et d'ordure et les brises toniques et fortes de la montagne sacrée, entre une mystique de la communion étendant à tous les êtres sa divine miséricorde et cet atroce fanatisme du clan ou de l'État, entre la guerre et cet équivalent moral qu'il faudra bien se décider un jour à lui chercher, et à lui trouver, peut-être les héroïsmes pacifiques de la pauvreté.

Seulement, voilà, le fait est là : on a choisi, et mal choisi. Que faire, aujourd'hui ? Revenir au carrefour, impossible. S'ouvrir un chemin de traverse, pour tenter, s'il en est temps encore, de rejoindre l'autre route, l'étroite, la dure, la difficile, la courageuse, mais, tout de même, la seule qui puisse mener à autre chose qu'au charnier, au sadisme, à la pire des barbaries, qui n'a même pas le courage de se donner pour ce qu'elle est et qui invoque encore, à chaque nouveau massacre des innocents, de prétendus « objectifs militaires » ?

Ou alors, fermer les yeux, et s'abandonner au cou-

251

rant, sombrer dans le désespoir, et chercher la paix miséricordieuse du néant ?

J'en étais là de mes méditations quand j'ai entendu soudain, à mes côtés, comme un frôlement d'ailes. C'était l'Ange. Il vient souvent ainsi, souriant parfois ou sévère, et toujours quand je m'y attends le moins. Ce jour-là, quand je levai sur lui le regard, je vis ses yeux pleins de larmes. Il posa sa main sur mon front. « Écoute, me dit-il, écoute : cette pauvre humanité, qui se roule, épileptique, dans la bave et dans le sang, un secret peut encore la sauver. Ce secret a beaucoup de noms, dans beaucoup de langues. Ce soir, c'est en grec que je t'en dirai quelque chose. » Et déroulant un parchemin d'aspect antique qu'il tenait à la main tout couvert d'un texte grec en belles lettres onciales, il se mit à m'en traduire ces quelques lignes : « Ensuite je vis un ciel nouveau et une Terre nouvelle, car le premier ciel et la première Terre avaient disparu et la mer n'était plus... Je vis aussi la ville sainte, la nouvelle Jérusalem qui descendait du ciel, d'auprès de Dieu, prête comme une épouse qui s'est parée pour son époux... La mort ne sera plus, et il n'y aura plus ni deuil, ni cri de douleur, ni peine, car les choses premières sont passées... L'éclat de la ville était semblable à celui d'une pierre très précieuse. Les douze portes étaient douze perles. Le mur était construit en jaspe : la ville était d'or pur. Au milieu coulait le fleuve de l'eau de la vie. Et sur sa rive poussait l'arbre de vie, donnant chaque mois son fruit, et dont les feuilles servaient à la guérison des nations... »

L'Ange, ici, arrêta sa lecture : « Rappelle-toi, me dit-il : l'eau de la vie, l'arbre béni, les feuilles salutaires destinées, un jour, à la guérison des nations... »

LE GÉNÉRAL BROSSET
ET LES ÉTUDES AFRICAINES

La Quinzaine n° 19, 12 janvier 1945.

L'Institut d'Afrique tient à saluer ici la mémoire d'un homme qui a servi utilement, au cours de toute une période de son existence, la cause des études sahariennes en Afrique-Occidentale française.

Et il pense qu'il n'est peut-être pas inutile de rappeler, ici, rapidement, quelques traits de cette activité particulière et, évidemment, peu connue du public.

Lieutenant encore, mais au terme d'une expérience de plusieurs années, passées chez les Maures et les Chamba, Diego Brosset publiait dès 1929 un travail très original sur « La rose des vents chez les nomades sahariens [1] ». On y trouve déjà cette sincérité, cet esprit critique, ce refus de croire uniquement parce que le manuel ou le clerc l'affirment, qui font le savant et que possédait le jeune auteur, servi de plus par un style précis et, par endroits, pittoresque.

---

1. *Bull. Com. Et. Hist. et Scient. A.-O.F.*, XI, 1928 [1929], n° 4, pp. 666-683.

Les conclusions de Diego Brosset éclairent un problème dont beaucoup ne soupçonnent même pas l'existence qui « ne traduisent les termes arabes en points cardinaux français que par une entorse au vrai sens ». En effet, les mots sahariens que nous imaginons indiquer des directions azimutales comparables aux nôtres ne désignent rien de tel. L'apparente incohérence du vocabulaire est « de création purement européenne : il peut y avoir des incohérences dans l'activité de l'intelligence, il n'y en a pas dans celle de l'instinct. L'incohérence vient là de ce que l'on n'a pas compris... » Et comment l'Européen comprendrait-il, si le lieutenant Brosset ne le lui expliquait, que les « points cardinaux » des nomades sont en fait, non des directions, mais des secteurs, et des secteurs exprimant des références économiques et géographiques et dans lesquels l'astronomie n'a rien à voir ?

Sud algérien, Adrar, Tagant, Aouker, Hodh, etc. : le lieutenant — puis capitaine — Brosset se familiarise avec le Sahara occidental, et voyage intelligemment, œil et calepin bien ouverts.

En mars 1930, il effectue une reconnaissance très hardie pour l'époque : Bir Zreigat - El Mraier - Aguelt Nemadi avec un trajet de 500 kilomètres sans points d'eau. Son lever du Dhar de Oualata au 1/200 000e de 1923, doit aussi être cité parmi ses travaux spécialement topographiques.

Mais bien d'autres sujets d'étude devaient attirer l'attention de Diego Brosset.

Son article sur « Les Némadis. Monographie d'une tribu artificielle des confins sud du Sahara occidental[1] » a définitivement élucidé le problème que posait à notre curiosité une population qui, mal connue, passait pour mystérieuse et où nous espérions pouvoir reconnaître les vestiges de quelque vieil élément humain. Il a fallu déchanter et accepter la réalité, plus prosaïque, que nous décrit impitoyablement le capitaine Brosset nous conseillant sévèrement de « remplacer la recherche d'étrangetés inexistantes par celle d'explications terre à terre » : en fait, les Némadis sont, tout comme les Rouessat ou les Imragen, un groupement « professionnel », une corporation de chasseurs d'antilopes, nullement une « race » : « Mais le romantisme tient à habiller l'homme nu des couleurs de son rêve... »

Signalons aussi un excellent article documentaire, bourré de faits précis, sur « La saline d'Idjil[2] ».

À Tichit, Diego Brosset avait effectué une enquête sur la langue azer, d'après les questionnaires de l'Institut d'ethnologie. « La terre en Islam est à qui la fait vivre, il doit en aller chez nous de même des documents », m'écrivait-il et, mettant cette maxime généreuse en pratique, il me remettait non seulement ses matériaux linguistiques[3] qui, réunis aux miens, allaient permettre à Charles Monteil de rédiger un travail d'ensemble sur l'azer[4], mais aussi le texte

1. *Rens. Col.* n° 9 (suppl. à *L'Afrique française*, sept. 1932), pp. 337-346, 1 croquis, 4 photos.
2. *Rens. Col.* n° 11 (suppl. à *L'Afrique française*, nov. 1933), pp. 259-265, 6 fig.
3. Et des notes sur les maisons du Sahara occidental.
4. « La langue azer » d'après les documents recueillis par Th. Monod et Diego Brosset (*Publ. Com. Et. Hist. Scient. A.-O.F.*, Série A, n° 12, 1940, 106 p.).

arabe des chroniques de Tichit, traduites et publiées par Vincent Monteil[1].

Notons, en passant, deux articles destinés au public, et publiés sous le pseudonyme de Charles Diego : « Le vrai visage des guerriers maures[2] » et « La sécurité française dans le Sahara occidental[3] ».

Au cours de ses années de désert, le capitaine Brosset avait été particulièrement attiré par les problèmes que posent la forme et l'évolution des masses dunaires. Il l'a abordé avec une expérience saharienne peu commune, des dons solides de topographe, un constant désir d'explication du réel, enfin un sens de la dune si vif qu'il confine à une sympathie, voire à une tendresse. D'où la valeur singulière du document qui résume les observations et les interprétations de l'auteur, témoignage spontané, direct, vivant, sincère : « Essai sur les ergs du Sahara occidental[4] ». J'ai éprouvé un plaisir particulier à pouvoir arracher ces pages à un auteur qui les eût laissées sommeiller dans ses papiers, et à les publier dans le *Bulletin de l'Institut français d'Afrique noire* : il n'y a aucune raison de consentir aux « spécialistes » un monopole dans les matières où un observateur intelligent peut apporter au problème une contribution d'autant plus précieuse qu'elle sera moins influencée par les disputations de l'école.

1. *Chroniques de Tichit* (Sahara occidental), traduction annotée, suivie d'une liste de noms de lieux et de tribus (*Bull. Institut fr. Afr. noire*, I, 1939, n° 1, pp. 282-312).

2. *Le Miroir du Monde*, 13 mai 1933, pp. 526-527, 9 phot., 1 carte.

3. *L'Illustration*, n° 4700, 1er avril 1933, pp. 376-379, 11 phot., 1 croquis.

4. *Bull. Inst. fr. Afr. noire*, I, 1939, n° 4, pp. 657-689, 16 fig.

Mais la vie saharienne, pour un Européen qui n'est destiné ni au métier d'ermite ni à la vocation de marchand de moutons, n'a qu'un temps et l'heure vient où, le capitaine devenant commandant, il faut quitter tout cela que l'on a tant aimé, l'aventure, la vie simple, la dune et le reste.

Un arrachement, une blessure. Et qu'il faut guérir.

Le livre *Sahara*, de Charles Diego (1935), est peut-être, jusqu'à un certain point, un de ces médicaments nécessaires aux âmes fortes pour parvenir à se déprendre de ce qu'elles avaient aimé :

« Comprendrez-vous que mon livre, m'écrivait-il, est le signe d'un divorce, un effort que j'espère définitif de libération ? Il faut vivre, donc oublier : écrire y aide. »

Et dans son livre, le capitaine Brosset mettait dix ans de sa vie, « dix ans que peut-être, aujourd'hui, je regrette, mais dont il est d'autant plus impérieux de conserver le butin étrange et dérisoire... »

L'autre voyage
au long cours

Je ne sais quand je rendrai « la barque prêtée » comme disait mon père. Je ne suis pas un extraterrestre. Je dois mon endurance à une vie frugale, à une dynamique naturelle puisée dans une hérédité saine. J'ai eu d'immenses privilèges, dont celui d'être éduqué par des parents très cultivés, bons, appartenant à une lignée de pasteurs protestants ; celui d'exercer le métier de ma passion, celui d'une constante soif d'apprendre, comprendre, découvrir, donner.

Je vais être appelé à passer sur l'Autre Rive. J'avoue ne pas être pressé, il me faudrait encore quelque deux cents ans pour, peut-être, épuiser ma soif de curiosité, mon désir de faire avancer la Connaissance et d'éclaircir ce point Alpha d'où nous sommes nés, de découvrir d'autres pays. Je ne suis pas inquiet de franchir le passage, j'en éprouve même une extrême curiosité, je me cristallise sur la question de savoir s'il y a quelque chose de l'autre côté du voile. C'est un prodigieux problème que cet Au-Delà. Mais je ne me précipite pas vers lui. Il me reste beaucoup de tâches, des travaux à terminer. Et surtout à mettre de l'ordre. Un ordre pluridirectionnel bien sûr. Enfin « la barque prêtée » était bonne. Elle ne m'a pas fait couler au fond. Les privilèges qui m'ont été donnés étaient tels, presque scandaleux, en regard des déshérités de l'âme et du corps qui peuplent le monde. J'ai toujours pu garder le droit fil d'une dimension spiri-tuelle qui va de soi. Le bilan, ce n'est pas à moi de le faire. C'est à quelqu'un d'autre et à ceux que l'on aime ou que l'on aurait tant pu aimer.

DU MÊME AUTEUR

MÉHARÉES, EXPLORATIONS AU VRAI SAHARA,
   Je sers, 1937

BATHYFOLAGES, PLONGÉES PROFONDES, Julliard, 1954

LES DÉSERTS, Horizons de France, 1973

DE TRIPOLI À TOMBOUCTOU : LE DERNIER VOYAGE DE
   LAING 1825-1826, Geuthner, 1977

SAHARA, DÉSERT MAGNIFIQUE, *en collaboration avec*
   Jean-Marc Durou, AGEP, 1986

MÉHARÉES, Actes Sud, 1989

DÉSERT LYBIQUE, NOTES DE VOYAGE, Actes Sud, 1989

THÉODORE MONOD — MÉMOIRES D'UN NATURALISTE
VOYAGEUR, *en collaboration avec Jean-Marc Durou et Isabelle Jarry*,
   AGEP, 1990

SORTIE DE SECOURS, Seghers, 1991

L'ÉMERAUDE DES GARAMANTES, Actes Sud, 1992

VIE ET MORT EN DÉSERT, Seuil, 1993

BALLADE DE MES HEURES AFRICAINES, Babel éditeur, 1993

L'HIPPOPOTAME ET LE PHILOSOPHE, Actes Sud, 1993

BOTANIQUE AU PAYS DE L'ENCENS, *en collaboration avec*
   José-Marie Bel, Solibel, 1996

LE CHERCHEUR D'ABSOLU, le cherche midi éditeur, 1997

COLLECTION FOLIO

Composition Nord compo.
Impression Société Nouvelle Firmin-Didot
à Mesnil-sur-l'Estrée, le 14 octobre 1998.
Dépôt légal : octobre 1998.
1ᵉʳ dépôt légal dans la collection : octobre 1998.
Numéro d'imprimeur : 44590.

ISBN 2-07-040441-0/Imprimé en France.